与哈姆雷特之夜
霍朗的诗

Noc s Hamletem
Básnické dílo Vladimíra Holana

［捷克］弗拉基米尔·霍朗　著
赵四　译　徐伟珠　校

雅众文化 出品

目 录

1 与哈姆雷特之夜

73 俄耳甫斯主义诗人 / 赵四

与哈姆雷特之夜

梅尼普斯[1]：

我只看到无肉的白骨和骷髅；它们大多数看上去一模一样。

赫尔墨斯[2]：

那正是为诗人们所推崇的，那些白骨……

也只有你，似乎对它们不以为然。

梅尼普斯：

那么好吧，指给我看看海伦；我永远不可能自己认出她来。

赫尔墨斯：

这个头骨，是海伦……

——琉善[3]

1　梅尼普斯（Menippus，约活动于公元前3世纪前期），出生于伽达拉的犬儒派哲学家，以讽刺手法推广犬儒派对生活的看法而闻名。对后世作家瓦罗、琉善有重要影响。有《降入地狱》《意愿》《诸神信札》等作品的残篇存世。

2　赫尔墨斯（Hermes），古希腊神话奥林波斯神系中的十二主神之一，是边界及穿越边界的旅行者之神，神界与人间的信使，亡灵接引神，亦掌管牧羊人、牧牛人、论辩与灵舌、诗与文字、体育、商业等，也是小偷和骗子之神。后逐渐形成的赫尔墨斯主义在西方密教传统中影响深远。

3　琉善（Lucian，约125—180），罗马帝国时代以希腊语进行创作的讽刺作家，以游历月球的奇幻短篇《信史》（周作人译为《真实的故事》，亦有译名按希腊语发音译为《路吉阿诺斯》）及一系列对话集闻名。后罗念生、王焕生等从希腊语原文亦译出其作多篇。

在从自然到存在的途中

沿路围墙并不真的友好,

墙,浸透了天才们的尿液,溶进了造精神的反

之阉人们的唾液,墙丝毫也不

为尚未生出之物而略小,

那圈围起成熟果实的墙……

莎士比亚灵敏的成熟度

邀约破格特许。它的意思,

那像惊奇理当

喜庆洋洋的意思,随着时代的衰落,

(面对他之缺席的种种可能的征兆)

变成了一个超负荷在指挥者粗暴闯入的

每一间公寓里被强行征收。

在这里只有欺诈是确定的事。而观众,

像圣乔治的龙,提早爬出来,

在批评家们的胆汁里取暖……

而那些放胆描画欲望图谱的人

逍遥自在,虽然他们的坏脾气

表明兽性始终和我们在一起……

自然是个征兆

如果不沉默,

它就会否定自己。而雄性物种

那个开启者,感到无语仅仅是因为

精神总在前进

而在它身后的万物关闭……

他就是那样……哈姆雷特!

丢了条胳膊,夜晚

卷过他空空的袖筒

仿佛一个盲人的性欲被音乐咬了一口……

自然融合了我们对城市的蔑视

用在其力量的金色巅峰上

铲除了苔藓之岩石尿液

并等待葡萄藤的毛毛虫羽化成蝶（的力量）

但只是徒劳地等待，

因为他藐视红酒，自那日

他因干渴切开了一匹马的血管

饮血以来……

这样他决定接纳精灵

并驱除那些表面隐秘的神秘事物，

沉溺在他自己和他自己之间

为深渊辩护。

此后他话只从其深里出

哪怕谈及的是一个特定的圣徒

那位除了记忆远古之爱的痛之外

不再拥有任何东西的女人，

那痛小到可以轻易藏进

一颗中空之齿……

无关紧要

无论我们听到的是沉睡蟋蟀

嘴里淌出的吮咂唾液声，

是午夜桥梁的建筑师,

为他们自己造双人墓穴的创造者

还是以预言为工资的幽灵们。

只有艺术没有借口……

还有生命亦坚持

极为坚持我们要活下去,

虽然我们可能真的想死……

没有喘息之地……哪儿也没有,即使在无意识中也没有……

但是他在那儿,哈姆雷特,那个嗜饮莫扎特的人

倒转阿尔卑斯山以便在惧怕死亡的吱嘎作响的楼梯上

竖上只颤颤巍巍的瓶子,

如此深锁在他自己中以致所有的不朽

都能适合待在他体内……

千真万确:在他的临在中

刀从羊身上升起

不再砍切

老旧洗礼盘熔化的锡镴

复归原貌。

忧虑忍耐着。他步入了永生之途，
须得愈合伤口。他在那父的墓地
却须做人子之子……他
与音乐的神圣精神聚首
却不得不靠妓女的收入
或以一条狗的代价生活……

哦，并不是说他什么都懂，或者他完全理解
当自我主义吃得过多
它不会呕吐，而是消化掉重新再来——
并不是说他智慧，像一根木梁
立于石柱阵中——
并不是说他颤抖如一株面对
以经血涂饰的古代地板的白杨——
并不是说他是个守财奴，总想着最后的东西
并且住在阿特柔斯王的陵墓里，
那里财宝被直接带进骨灰堂——
并不是说这对他很重要，
亚历山大大帝那曲弯的脖颈是否

能扳直历史上的随便什么事件——

不，不，但我总看见他对着人们做鬼脸，

对那些人来说，任何神秘事物

都是一个空穴，

他们将所有被去势的愤怒猛扔进去……

他，那个给予者，仍是个吝啬鬼……

但是我们，这些不信的人，始终在期待着什么，

也许人们一直在期待什么

因为，他们没有信仰……他们被照亮

但给不出光……他们血液稀薄

但对他们而言无物存在除非有血流出，

他们遭诅咒虽然尚未被革出教门，

他们好奇但还没有找到那面镜子

其中有海伦——海伦

看着自己，自下而上——自下而上，

并且他们如此聋聩他们想在一张唱片中

听到基督的声音……

与此同时，这里的一切，每件事物

都是只有一次的奇迹：

只有一次亚伯的血

曾要去摧毁所有的战争，

只有一次，孩童时代的不可复回，无知无觉，

只有一次，青春，只有一次的歌，

只有一次，爱，同时，自我迷失，

只此一次，万物反对传统和习俗，

只有一次，系紧的绳结松开，解放来到

因此只有一次，艺术的真谛，

只此一次，万物反对监禁，

除非上帝祂自己意欲建造一所房屋

在这大地之上……

——————————————

山楂树探身墙外，绿荫浓郁

路上散布着它之好奇的果子。

窗打开了风，带进一股气流：

  你们的舞台有很多的是是非非，

   但是存在的舞台：让人忌妒的奇迹！

夜熏燎历史，吃下油煎翅膀

从墨丘利脚踝处切下的，

并且和着**圣悲剧**风琴手的汗

一饮而尽……

"只有当你与死亡和平共处，"哈姆雷特说，

"你才会懂得太阳底下的每件事都真正是新的……

我们的身体不是一个用来切割出

条条跑道的帆布飞机库……

但是我们的潜意识玩着恶作剧……即使我们无私

施舍，也是我们在获利！

因此正是当我们错误地做爱时……但是不！

摸索的性关系对人而言只是存在

有性无性的存在……然而

人们在罪过里找到居住在爱中的人。

身体的紧绷提醒你

对精神的亵渎和其惩戒……

即使睡着我们也不得放松

因为我们不知道他们会在哪里停下，

而我们陷在我们的轨道中……

想想一只猫死后

突然变得多沉,而某个人

却能承受射杀一整天麻雀!……

是的,有男人的耻辱,也有女人的。

男人看不得药棉。

而女人?刚在旱季降生,

她已在恭维雨水……"

过了一会儿,哈姆雷特补充道:"孩子们永远不会满足
   于一个答案……

他们会和装满秘密的橱柜玩耍

并最终在内心里带走那把钥匙。

或者他们生病时,偷偷打开

一个被囚禁诗人的信件,

那人为小小斗室掏钱,就为了

信被他们撕开……

或者当生病时他们在梦中看见一根火柱

并且喊道:它是主枝,上帝的血管!

或者在病中他们的心智不放松

妇女们做的无尽手工活儿

目的仅仅是使他们保持温暖

还要在图案中织进一个男人或其他卡住画面的东西……

或者他们病好了！时时刻刻

伸手向那片片面包，觉得就归自己……

而当他们跑出谷仓

可能踩在上一年收成的最后谷粒上

因而很快他们将受到更多的诱惑

去给火的头颅冠上一束金色禾捆的假发……

他们充满生命力像一匹马

感受不到它的骑手是个陌生人

而以为是自己的思想……欢呼，喊叫，

他们待在一起一整年也不后悔，

他们对不是奇迹的任何东西都有灵丹妙药——

所有的污点都只是泥点

在一件新衣上并很快能被洗净……

孩子们！他们发现了真正的名字,我们只消去念出它们！"

我打断他说,他看起来像

一座磨石矿场。

来一杯,哈姆雷特!我说道。你想和

烤炉,这农家的灵魂一道饮它

还是和着四面八方的血的激情?

但他没怎么被惹恼而是说:"啵——啪!"

什么?我问,他回答:

"西藏人他们这么说!"

并且继续道:"处女们,啊是的,她们知道

何时树在生病!……但我了解囚犯们。

试想象一下,他们中的一些

屁股巨大,巨大仅因为

对同一罪行的沉重记忆

迫使他们无辜下蹲,

除非累积了频繁的鞭笞,

或者焦油臭气……

'电车不开了!'那女人说。而男人

回答:'船晚点的话更糟糕,

你,就像一艘船,在你体内

身下保留了一条不间断的航线……'
是的……而处女们,是的,
她们知道何时树在生病……她们的纯洁清白之织物
始终盖在雄性嫁接物上,
即便他们的长袜由妓女的发织就……

"自由,你知道,始终是自愿的
贫困之血亲……"
——————————————————

夜叠着夜……它向大地躬身
或变成了生者与死者正做着的
每一件事情的坟墓……
也许生者感到羞怯因而态度蛮横……
而死者,妒意横生,不是故意的
而是得自遗传或复仇心理……
我理解了,当哈姆雷特在不知道我的想法时所说:
"现在只知围着我们转的
有一天终将埋葬我们……
我曾亲历一场火灾……

无尽火焰中的一朵就够让我去注意到

在场的鱼塘主整只手的唯一一个关节

使我想起空无之上的空无

之骨雕……

一个吊死的男人的头发

更为触目惊心,因为脊背柔滑

其所达到不是离存在更近

而是更靠近知识的皮毛。

但更有空间感的

对埃尔西诺[1]颤抖的奎宁水而言

是奥菲莉娅剪脚趾甲的声音……

你知道……"

不,我不知道,我说……但是现在

我正在等客人们,我补充道,恼怒于

他显然热爱自己的不幸……

---

[1] 埃尔西诺(Elsinore),又名赫尔辛格,位于丹麦西兰岛北部的港口城市,隔厄勒海峡与瑞典的赫尔辛堡遥遥相对。有著名的克伦堡宫,莎士比亚《哈姆雷特》中的埃尔西诺城堡便是以克伦堡宫为背景的,因而这里也被称为"哈姆雷特堡"。

他再一次没有被惹恼,继续道:

"想要自己的不幸……[1] 可是

那感动了一位母亲的

可以粉碎开阔海上的大商船队……

此外……如果没有上帝,

没有天使,死后什么也没有,

虚无的信徒们何不

只向他们跪拜,那不存在的?

我有过一次这种感觉

当追猎白隼时……它也从

中国坟墓上升起……摩西的石版

说着同一件事……但从一个倒置的

不清楚是谦卑还是骄傲中,

因为吼声只是到现在才被缝合,

我们宁肯亲吻一只灰狗的两眼之间和一匹马的蹄脚,

还有不害怕进入图书馆……

---

[1] 原文为西班牙语:Querer la propria desdicha...。

在捕猎白隼的时候我感觉到了韵律,

摩西石版的运动,

中国坟冢节奏性的和谐

而在阿伊努人[1]的神中,有近、远、轻、重……

还有,此刻

你正在等待客人

而他们已经在此因为他们已提前到了……

是的,互相看着,聚在一起交谈

感受信任的温暖,

心跳真实如伦勃朗的蚀刻针笔,

虽然我们人人各异

(因为那正是灵魂所为),

也还没有用另一人的手去抓取长蛇。——

"蒸汽发动机不为诗人而在……

而树亦同,当它结果树仍是树

---

1 阿伊努人(Ainus),日本北方的一个原住民族群,居住于库页岛、北海道、千岛群岛及堪察加。在阿伊努语中,"阿伊努"即"人"的意思。

有些熟得过早

有些恰合时令还有些仍旧晚点：

不，一个人不能匆匆言说

因为我们没有也不来自

人类那可怜巴巴的权力

因为人的原因而成为人！

有效的爱，你懂吗？……'每日'是能创造奇迹的……

"诗越伟大，诗人便越伟大，

而不是相反！"他补充道，

"你已经是一个伟大的诗人，如果你自问你将与谁一同迷失……

是的，艺术是让头脑停止膨胀的东西……

我告诉你，艺术是哀悼，

有的适用某人，没有东西适用于人人，

或者正因此，你希望你已在未来……

总有东西超越于我们，因为即使爱

也只是我们的确定性之一个部分……无调性的和谐……

而痛苦作为对做一个逃亡者的惩罚……

或者本该如此，如同那本该

起作用的人之救护

却借口呼唤神之救助?

我不知道,但从某些人的形貌我认出了

一条八爪鱼的真实肢爪……"

————————————————

风让烟囱做自己的喉咙……在某个小树林里

吹乱一头扁角鹿阴茎上的毛发……

在历史中的某地它追逐罗利爵士[1]醉醺醺的大船队

只为将它们扯烂,

就像你妈妈有一次听瓦格纳的音乐

不耐烦地扯烂她的袖子……

但是你不能通过纵饮逐出灵魂,像只地鼠出洞,

因为即使你把它想成如此饱满的胸部

以至于你说:什么样的储量!——你仍然是一个生灵,

被男人和女人那带翼的憎恨固定

---

[1] 罗利爵士(Sir Walter Raleigh,约 1552—1618),英国历史上著名的军事将领、探险家、朝臣和诗人。他在英国人中最早意识到英国在未来世界的霸权必须依靠海外贸易与对海外领地的殖民化。他率先踏上北美的北卡罗来纳海滩,以童贞女王(The Virgin Queen)的名义将大西洋沿岸大片领地命名为弗吉尼亚(Virginia)。

在转瞬即逝的形式里……

"蝾螈在火中!"哈姆雷特打断道。

随后在他熔化了熏肉的舌上抹去

理性的种子,嘶嘶说出:

"诗人所写的,天使或恶魔为之……

于是梦用它们自己向不停歇的意识施以报复!

"我一直在寻找一间免费的食铺

那里的小窗口不是

囚室门上的窥视孔,通过它

犯人被监视,

那叫作犹大的监视孔……

'不劳者不得食!'确实,

可劳什么? 忠实于自己的命运,无怨无悔——

还是出售赎罪券

或变成火葬场里的一个狂热司炉,

在战争的直肠里戳进一根温度计

或不得不在葡萄收获季张嘴唱歌

以证明你没在吃葡萄,

检查一匹马的牙齿或像个刽子手

撕裂死刑犯的鼻孔,

被尖酸和愤怒腐蚀并报复在别人身上

或烧掉一个女人的右乳房

使她弯成个弓箭手,

去成为历史子宫里宿命的种子

还是感觉被判处做

老脑瓜的灰西伯利亚魔爪下的苦役犯——

或违犯当死者拖着你们的脚镣排成单行行进

且宁愿挖出你的眼睛

也不愿看今日之恐怖,

但仍听得见那些死去很久的,

却自由的歌者?……

"诗的编织物充其量不过聚合为装饰品……

"我并非对一小步

或跌倒在荨麻丛中的

孩子漠不关心……如果他的妈妈告诉他：

去，给茶拿些朗姆酒来，

他去了，喃喃重复：给茶的朗姆酒，给茶的朗姆酒[1]，

最后成为低语：给我的天堂[2]……

不，不，我并非对一个孩子的唯一

一次跌倒漠不关心……可邪恶仍总是通过人类脊骨上升，

像吐满血的通往牙医的楼梯……古老

令人生厌，每一步它都厌恶地弹回

却仍一再地上升至骄傲的大脑，

因为在圣人们和诗人们

一再地尝试之后，

在圣人们和诗人们如此多的切断现实的尝试之后——

它只相信

天堂和地狱间短暂接通的

那和谐一刻。

但是当然……我们也可以等待

直到什么东西爆炸，爱落到我们头上……

1　原文：rum do čaje.。
2　原文：čum do ráje.。

也许我们的希望有耐心,

正在等待……试想象

生命的终点……

一个老人站在那里,瑟缩

如雨中的话语……

'我在这儿……'他说,'等——一位先生,

……他答应给我间房,说是没家具的……

完全无妨——'

雨正下着。老人的信任

如此盲目或是如此大方

以致它看见他安乐的未来

而只有过路人懂得

有人在半凸浮雕[1]般的月下

欺骗了他……但你知道是怎么回事:

突然地乌有,一切皆空,

绝对地面对空无

像那一刻,仿佛

---

[1] 原文为意大利语:mezzo rilievo,或可意译为"半明半暗的月下",暗示欺骗意味。

未来也排在了我们身后。

恋人们理当快乐!

宇宙,虽然据说是有限的,

但也是无限的……男人突然思家,

女人感到冷,他们走到一起

而非杀了彼此,再一次感激于

看到了他们命运的什么东西,

尽管它昭示了通向救济院的

必然路径……"

哈姆雷特继续道:

"当一个孤寂的男人想要安慰他自己,

他可能就在一个拾穗人手的最后一挥中了。

但如果他和另外某个人在一起他将有太多的

话和动作,因为在一个证人面前

他强调他的痛苦……只有在死之中

他的话语和双手永远交叠,

他静默……但他快乐吗?

快乐!你有医生的证明吗?我不理解!

"即便没有上帝，没有人类灵魂，

或灵魂虽存在，却并非不死的，

也没有复活，

即便别无他物，真正乌有，

在这样一出闹剧中的你我部分

将再次只不过出自同情，同情生命

仅只是呼吸，焦渴，饥饿

交媾，疾病，疼痛……

"一次穿越荒野的欧石楠丛，

我听到一个孩子问为什么？

而不能回答。

在经过了这么多年后甚至今天我仍不能

面对那月神的半凸浮雕，

因为孩子们不会满意于一个答案，成人不会满意于一个问题。

"当我的童年信任地牵起我的手

我开始歌唱。

当我想到耶稣的荆冠

我惊恐无言。

当我看到多刺的荆棘丛

我止步倾听。

但是当我结识一个男人

我再次开始哭泣……

"悲痛,歌唱,诗,音乐……

想象某人

一直在寻找他的朋友

然后得知他在医院里……

他会怎么做?他带上一点最中意的礼物

匆匆地赶去看他……

当他发现这是个错误

他的朋友仍然不见影踪,

他问医院走廊里碰见的

第一个病人,是否知道某个人

从未有过探访者……

'嗯，那就是我，'病人说道，'那就是我，

十五年来没有人来看过我！'

来访者递给他礼物，

但在医院的走廊里已经不是他们两个，

在这一刻还有几乎被所有病人

包围着的嫉妒和贪婪

他们报复地，如果不是真正顽强地声称，

他们也很多年无人前来探访……

"半个王国和一只公主的手！

一个女孩最近写信问我

她是否该去自己谋生

还是（像只看不见的水果）

等待那棵年轻男子高度的世上最后的树……

我曾在雪窗下给她写信

让她等着莫扎特再次

奏响，一颗充满爱的心跳动

在两把小提琴的八度音阶中……

她回复道：我已经做了，我清楚地知道

对于雅那切克[1]定音鼓足够他

去表达一个女人的感性生活……

我回应说对于死亡

一段黑管旋律足矣……我知道我不友善

但女孩满不在乎

她活着，活下去，她等待，

抱着好奇心等待，尽管她知道

当树皮就着树汁被剥去……

你对一个孩子说：关门！

而他问道：什么在往这儿来？

——玛耳绪阿斯[2]的皮，亲爱的！"

---

[1] 莱奥什·雅那切克（Leoš Janáček，1854—1928），捷克摩拉维亚作曲家、音乐理论家。与德沃夏克、斯美塔那一起被认为是最重要的捷克作曲家。

[2] 玛耳绪阿斯（Marsyas），古希腊神话中的一位林神，善吹奏双管竖笛。传说因挑战音乐神阿波罗失败，被阿波罗剥了皮。如果现代读者不喜欢这个过分惩罚"骄傲"的古典作家版本，可采纳某些学者的理解：他是林神，羊脚人身的皮于他有些像假面舞会上的装扮。或者像柏拉图接受的解释：这是整张羊皮做成的酒囊的起源故事。弗雷泽的《金枝》认为这是弗里吉亚版的某种阿蒂斯祭司祭祀母神库柏勒的仪式。

"女人!"哈姆雷特说道,"夏娃,莉莉丝,

科波尔达,恩浦萨,拉弥亚!"[1]

你叫的是哪一个?我问道。

他说:"亚当所有女人中的

一个!"……然后继续:

"女人!像一个在飞翔的词,赤身裸体地停下,

把它的长袍投入我们欲望的怀抱

并说道:我不是爱!

然后它整个看上去像

棉絮,拍马屁比赛,乳业市场,

一个雄性结尾的挑逗性开头

在床单之雪泥中跪求,

一双大腿中的第五个脚趾,

热面包进冷炉灶,

---

[1] 莉莉丝(Lilith),犹太教传说中为亚当造出来的第一个女人,后演变为一位黑暗女神。科波尔达(Kobolda),似指日耳曼民间传说中的精灵。恩浦萨(Empusa),古希腊罗马神话中幽灵之神赫卡忒的侍女,一个长着铜脚的恶魔,可以随时化身为漂亮的少女,诱惑睡梦中的男人。拉弥亚(Lamia),海神波塞冬的女儿,半人半神的怪物。她的几个孩子被天后赫拉杀死,她为了报仇,变为怪物,吞吃儿童或他们的血。这些人物在后世传说中多演变为吸血鬼形象。

两个盲人的决斗

互相推攘，主要是恨，

像倒行的螃蟹，

连凶手也要面对另一个……

"没有知识……我们只是活在一个个幻觉中。

然而我们因焦虑而颤抖

也许连这些焦虑都不会持久

——或者会绵延不尽

在那种气味中，像阳光下恋人有的光辉

却突然嫁给了一道海狸生产线……或

与史前狗的论文结了婚……

全部的它在一张硬纸板上……是的，当然！

而我们已然不同。独自。靠我们自己。

我们也已是死亡……丛林中的死亡……他任由

一部胡须长出，没人能认得出他……

而她，着一件简洁飘逸的长袍，带着最昂贵的褶皱

任由指甲长长以便更容易放手

紧握的童稚笑声的绿色陡坡……

尸检报告随后有保留地指出：

何时你会忘记，灵魂，你还没有被看见？

何时你会记起？……

然后幸存者，走去点燃全年的灯的人，

与此同时暴风雪，用右手

在烟囱袖子里，穿起整座房子……

正当他们想表现出他们无所恐惧：

恐惧已经没来由地在那儿了，就是恐惧，

说它的恐惧和不说它的恐惧，

当黑人音乐的雨滴

敲打在牛蒡叶上的恐惧

恐惧坐在那儿剥着松果的松鼠，

不知道医生电话号码的

护士的恐惧，而医生就在隔壁，

三王熔铅的恐惧，

恐惧男人或女人的命名日

恐惧财富，使人渴求更贵的东西，

恐惧自由，恐惧领着欧律狄刻

走出地狱的诗人。

因为俄耳甫斯,回来了,没有回头,

所以又带着她走进了这个世界,

他们正在这个世界走着最初的几步:

俄耳甫斯:

你高兴吗?

欧律狄刻:

我不知道,我不记得了……我不得不

重新学习痛苦……我死了有多久?

俄耳甫斯:

我一直以来都不那么勇敢……昨天是半年。

我需要半年来做决定……

欧律狄刻:

务请安静!世界迫切想要所有那些

在身后拖着自己肠子的英雄主义!

俄耳甫斯：

我很愿意告诉你！……但是你看：我，我又过多地

记得一切……我不知道我已活了多久……

天哪，你举步如此艰难……

欧律狄刻：

没什么……我不习惯你给我带来的皮

鞋……它们的跟

太高了！裙子

也像裹着我信奉上帝的信念……

那是棵树，是吗？

俄耳甫斯：

一棵白杨树，亲爱的！你最喜欢的！……

欧律狄刻：

可惜，我只看得见它的根

（这些，正如你所说，植被恶魔的神经）

我在下面时已习惯了的……但谁知道呢！……

你说：亲爱的！……阿派朗[1]一词是什么意思？

俄耳甫斯：

无限！

欧律狄刻：

啊，对！延长下去的省略……

俄耳甫斯：

你在发抖！……你太虚弱了！

过来坐在这石头上……披上我的斗篷……

欧律狄刻：

你刚才说：亲爱的！

啊，是的，在下面

我已经忘记了，你的话，突然回来了，

---

[1] 阿派朗（apeiron），源于希腊词 a+peras（无 + 限定、界限），阿派朗是阿那克西曼德认为的世界本原，中文译作"无限""无定""无定形"等。

在阴间，遗忘之泉旁边的

是记忆之泉……

俄耳甫斯：

你找到它了吗？

欧律狄刻：

我没有去找……至深的存在

就在被爱征服的无意识里……

只需爱对你的眷顾，

它的同情、欣悦和真挚，

足以使你与我同在，救助我，辉光四射出

所有我们不能了解的自己……

俄耳甫斯：

只是像在镜子里……哦，说话，说呀！

因为我看到，你又在这大地上了……

欧律狄刻：

没错！保险丝在断裂……我看见

一束阳光，将你左脸颊上

难看的伤疤装饰一新

我一定要亲吻它……没有人在我们身后吗？……

俄耳甫斯：

你弃在这里的一切……

有抻长脖子的好奇心像疾驰的

汽车散热器上的一个小雕像……别害怕，

说点什么！……我能亲吻你吗？

欧律狄刻：

你知道，在那一次我……

爱终有一死吗？

俄耳甫斯：

我不知道……有些火车既不停靠

傍轨也不停在主站……

但这是个生硬的比喻……别信它!

欧律狄刻:

在下面那儿当我们问起灵魂

消失了的身体回答了我们的一切是……

俄耳甫斯:

是的!在上面这儿我亲吻了

你所有的睡裙。有些闻起来

有你在其中度过的不眠之夜的味道……其他的,

仿佛我是从有你的粉末遍撒的

一床鲜花中收集来的……还有你的裙子、衬衫!

我已疯了,分隔了

我的记忆空间,仅仅因为你

将不再进入里面……我已经担心

孤寂的懊悔

最终不会遇见它自身的魔力……

幸运的是这里有朱丽叶……

欧律狄刻：

哦，我都忘记了！……告诉我：她还活着吗？

俄耳甫斯：

是的！……今天她那孩子的黑暗

模仿着昨天的夜晚……我无法想象

当她看见你时她会怎么做……

欧律狄刻：

她不会记得我……她多大了？

俄耳甫斯：

在你的声音东边六年！

欧律狄刻：

可是你说我死了半年！

俄耳甫斯：

你知道，亲爱的，一个从不会害怕的男人

不了解一个产生自意愿的女人……

欧律狄刻:

所以你对我撒了谎……

俄耳甫斯:

是的……可你活着……试想一下当她看见你……

欧律狄刻:

朱丽叶,你是说?……

俄耳甫斯:

是的,朱丽叶……一个小女孩……某种

介于幻象和幽灵间的东西……像你……

但是当你们遇到(像两个

被遗弃在孤儿院门阶上的孩子),你们将进到

房屋的温暖里……

那儿有许多书,我知道……但是

也有雕像和图画

还有长椅，钢琴

一张桌子的野兽喝着地毯的颜色……

那儿还有你的谦恭，它注意到

到处乱糟糟的，然后擦去尘土

准备晚餐……

  欧律狄刻：

我可以吻你吗？

  俄耳甫斯：

还不能，亲爱的！……我已注意了

很久你只是倾听

我们周围的鸟鸣曲，等着这位或那位

鸟的大师倒了嗓音……

  欧律狄刻：

命运属于自己，你多么了解我啊！

俄耳甫斯：

你在我体内……真惊讶，我没有问

为什么我们……在梦中意志有什么用

既然它已停止了警戒？

现在我终于能睡了

只因为我想轻轻地唤醒……我们，亲爱的，我们是！……

欧律狄刻：

朱丽叶！……一个小女孩！……现在我知道了。

我死的时候她才一岁多一点儿……

风折弯了树梢……它是惊讶

还是一声哭喊？……我向上帝

祈祷：为她，为你！我怜悯

一切，我感到同情……但是

仁慈中不能被宽恕的

我们愿意用一种对两人来说都陌生的语言演绎……

我们已在渎神的边缘……

俄耳甫斯：

因此一座森林漫游在我们体内遇到树木。

欧律狄刻：

只有一棵树和一朵小花……

俄耳甫斯：

你知道是哪种了吗……片刻之后

你就会闻到它……

欧律狄刻：

她将上学，是吗？

俄耳甫斯：

一个月后，亲爱的……

欧律狄刻：

她有识字课本吗？还有写字板、海绵擦、铅笔？
和有面镜子在里面的书包？

走吧,我们得快点……谁

和她在一起?一棵白杨树?

  俄耳甫斯:

哦,我的上帝……一棵白杨树,等等,

是呀!玛莎,你认识吗?老玛莎……那个保姆……

  欧律狄刻:

她?她还活着?那时候

她不得不在整座房子周围铺上稻草,

好像有个生病的女人躺在里面,

渴求安宁。

  俄耳甫斯:

老玛莎和她在一起……

  欧律狄刻:

那么现在说话的是你,那个

预知日蚀,让河流分流的人?

可是……你知道吗……你知道吗,

我死的时候怀着孩子

(你从前常常温柔地说:好像在沉思)?……

俄耳甫斯:

来吧,亲爱的!……不!……我要抱着你

亲你……我要亲你,宠你

我要抱着你,抱你,抱你,亲你,宠你……

——————————————————

可是一个诗人不知道如何继续下去——

而人们不再畏惧……"

我很明白你的意思!我告诉哈姆雷特……有一次

无意中我打断了一对在谈话的男女

他们再也没有回到那个话题……

他们是夫妻,都站在

达乌斯镇的城门里……

尽管我已经无法后退

(被那个女人的美所蒙蔽!),

今天，二十年后，

我依然痛苦地自责……

"是的，"哈姆雷特说，没在听，

"但是女人的美和男人的忧郁！……

也许白天他体内感到惊恐的东西

有勇气向黑夜走去……但即便那时，

一个盲人，他用一只从捕杀飞蛾中镀了金的手

或不折不扣的疯狂救助自己……

但是他们已经亲吻了他：

刽子手，端来毒酒的侍者，

或是自杀的人……

幸存的人将会习惯于此……或明智起来

去啃噬犹大的膝盖

不捐一分钱给教区灵柩……

你知道那些云被判处给了行刑者

好让他在乌鸦的城堡里剃光他们的头吗——？

他们用拉丁语互致问候然后下雨了……

雨清洗万物……

太阳再出,人再来,那人

在啤酒厂的马身上用一只鸽子

诱捕云雀,抚弄某个不属于他的女人。

精液,精液,从午后祷到暮晚课!……"

——————————————

一窗开扇迎风,风唱道:

  小小的云儿齐聚集,齐聚集

  扬帆穿过大宇宙,

  可当雨点儿自它们往下落

  只不过淋湿了小蜗牛……

——————————————

"我想要找到一处意欲在它的波浪中

煮沸第一间

茶砖建成的小屋的湍流——

我想要找到一条河

两岸村镇全无……

但却常怀忧虑

忧虑孤独,形单影只,只有自己——

于是再一次有女性的船和

点燃他的灯塔下的

两盏灯的男人!……

而后那令人惊异的停顿,

在全部曲目中引人回想,

它同时也在创造着关联,

一个会生长的关联,因此舞蹈的关联,

但却已经厌倦,就像对谎言的感觉

会出现在真理的思考之前——

而后细小的雷击

(像一个孩子掌中的),

急剧的触击圆鼓鼓毛茸茸

像清扫之前的理发师的地板,

所有威胁存在的不确定的触击——

而后粗暴被柔情和暴力中的柔情否定————

无论如何,始终是我们的血,

染红那些谴责我们的人——

它是一颗始发的种子:蒙上阴影

是像拒绝的拳头一般的苦果,

是迅疾遮蔽楼梯陡峭度的

心之沉重

引导向深渊,

而在某处被唾弃的和谐等待着

像哭泣的回声手中握着雾的围巾,

手不知道身体的记忆能否找到

灵魂的本能忘却之地

不能断定是否任何暗示

可能都不意味着是威胁:对他们,那些外行们!!

"爱!……在它有命之前它有胆

且总是摧毁给予它生命之物……雪正相反……

但是在抽象天使脚踝下的雪

不融化……而命运对理想没有好奇心

是统治,是政府……但是爱

应当是它将成为的样子……而通过爱

我们看到即便现在我们已被判处……

荒谬是其自身荒谬……

我们没有选择……

"我们不理解的

某个句子的晦涩

有时点亮如此的火花

使我们失明……它恰恰是真实

是形而上的……但是相爱的人

不喜欢当他们处在谜团和

其可能的解答之间

机智轻轻折断其芒刺……从字面上看,

他们拥抱,亲吻,没有意识到

危险也会转变成习惯和满不在乎。

否则将不得不死。死也许

不带着恐惧的神技,但一定

在那朝着我们而来的赤足的寂静中

这寂静带着鲜花的祭品

简单地说道:够了!

然后我们就瞥见——

甚至不清楚,这是否是一个替代或变幻

我们必须祝福这种替代或这种变幻

还算好握手和鞠躬的期限

好让他们能够同时穿戴好尸衣……

"但是一个真正的情人不会以一帧肖像缔结休战协定

几乎提不动给亚述人的一只公鸡

不发一言,未犯下的冒犯,

和不言而喻的喜悦……每一个想法

都很诱人……甚至轻生的念头……

"然后让夜延续

僵硬的和谐在其中

重复自己的节奏

直到命运在一个破坏性魔鬼的眨眼瞬间

剥去它的女性诱惑!

让夜延续,一切在其中都不慈悲

除了艺术,它长久以来

为地狱的好奇心和世界的冷漠所诅咒!

让夜延续,尽管最后一块留给

灯塔建设者的石头,会杀死他的儿子!

让夜延续,尽管在钻挖地下铁路时

第一缕仲夏夜的萤火之光会被扑灭!

让夜延续,其中彗星扫把

在很久以前就横扫了

从梵蒂冈花园到滑铁卢丧葬森林里的天使们的堕落!

心是重负……理性是磅秤……

即使在死后的清白里

我们也始终被裁决……让夜延续吧!

"夜延续着……只有一个地方被照亮:

舞厅,那地狱的子宫之穴和嫉妒

刺穿音乐之童贞,其残酷

更甚于强奸处女……如果一位天使为我们战斗,

他也会像我们这样说:原来你在这儿,玛西亚,

你也在和别人跳舞吗?怎么可能!走吧!——

但是她,因为夏娃在为她战斗,

回答:我没在跳舞,我的意思是……我害怕说话……

而……您……您疯了!

也许!他会说,从她身边抽身而退

带着视画架如十字架的恐惧

因不得不带上这女人的肖像而恐惧……

哦是的：就是她的！因为知道

葡萄酒能因搅打而变得纯净

他跳起来照着身体扇她的脸

那脸如今挑衅地蔑视灵魂

否定从前的诺言……

或许他强迫她吞下两人的订婚戒指！

或许用蟹的倒行动作提醒她一些事情

然后用他那失去尖刃的刀吓唬她，

尽管那刀在无港湾可泊靠的一条船上已被磨了很久。

或许……但是现在已难以改变一辆自行车或一把左轮手枪的

原初形式……

或许传来一声枪击声而他会说：我杀了自己……

或许传来一声枪击声而他会说：我是个凶手！

哦，看到人类的声音，至少看到一次

当它说这个！迄今为止，这声音

总是哀悼或控诉的，

爱抚、撒谎、颤抖、谦卑的声音，

纠缠不休或心满意足的，

欲望的或摒弃的声音

在普里阿摩斯[1]宫殿的性欲角落里

像一盏乙炔灯

耀亮在海伦的一根头发上，

那突然觉得甚至这不是知识的声音！

"在舞厅里与此同时血被一块桌布擦去，

其流苏颤动，也许还为那隐匿其名的主

在渴望与骄傲，羞愧与罪恶感，

或是监狱与牢笼之间划出一条界线……

他当然目瞪口呆，……看似已麻木……但是他的耻辱

自他母亲的耻骨里即在，直到他长大

现在带着一张既男且女的面容盯着那死去的人耳语：

'岁月流逝，亚麻布也老了！'像在一间空空的公寓

有人被匆匆搬走，

留下几张账单——像收拾账单一样收拾起他

将他带离……

---

1 普里阿摩斯（Priam），特洛伊战争时期的特洛伊国王。

一个被叫作诗人的人

无裳蔽其股……[1]"

这在你身上发生过吗?我问哈姆雷特……

"只有一次!"他回答……"爱只有一次也仅有一次。

爱是必有一死的!"然后是沉默。

因为他看上去像一个招不来掌声的演员

我为他难过,想把他拖离

悲剧,于是给他说话的机会……

"不!"他说,"赢取爱的劳工奖

的列车已经不再启动……

而我不喜欢穿着诗的长筒靴穿过

记忆的国界……但是马洛,

马洛,他对此有所了解……一切

都是只有一次,只有一次!

但是马洛,他对此有所了解……而

---

[1] 原文引自德语方言:Dett Dichter nennt und keene / heile Hose am Arsche hatte...。

添加的一点点音乐即足以触动心灵……

荒谬！可笑！令人厌恶！[1]"

当远方某处

风暴之窗中吐出闪电，

哈姆雷特被劝说，饮下

他黑暗的思想，继续道：

"正是嘉年华的尾声。为我的

某个疯狂专栏的某物……那一次我被

主教用他布道坛上的权杖如此科学地

一击，以至于我感觉得到头盖骨上的性别差异……

我夸大其词但希帕波鲁斯[2]也是个路人皆知的煽动家：

那有关于强暴维罗纳最美的女孩。

我爱她到永远

现在当我听到书页在丑闻之书里翻动

1　原文为法语：Absurde! Ridicule! Dégoûtant!。
2　希帕波鲁斯（Hyperbolos，约活动于公元前5世纪），古希腊政治人物，曾在伯罗奔尼撒战争中发挥了作用。因被认为是导致雅典在战争中为斯巴达所击败的主要推手，遭到普遍抨击以致流放。

那是我的童贞在惊骇我……你可能会笑……

在冷水里烫伤

我等待奇怪的节奏等待直到河流冻住……

一阵突然的狂热催促着它……

疯狂的,衬衫罩着外套,

一块块补丁盖住血肉、骨骼

我向朱丽叶家走去……

正是市场开市的日子

但是什么也没的卖,看门人

满足于一袋生姜和一张牌桌……

他让我进去了……入口像是为一位天使长登上建筑物的马匹

而举起的马镫……

我的心像金属板上的油画狂跳不止……

我进去了……她多么的光彩夺目啊!

一如当初在我心里的她的美!

根本不需要做决定!……

怀旧多么自由!

就像谜题不要求被解开!

就像没有见证人看着的眼睛依然颤动

唯恐被人看见！惊奇奔跑得

多么狂野，却被一个奇迹制服！

整个世界看起来多么像一个

喷射的啤酒窖，当我饮下红酒时！

我根本不在乎去做

或实现什么化身！……没有一时兴起，

没有动机，或后果，或命运，

这里就是在其不可分割的圆满中的存在……

唉，一瞥即逝：美是丧失，

除非它重复自己过久

以至爱亦变为失去。——

"此刻透过打开的窗我听到

夜间一位清道夫聚扫起

血橙的皮……

垃圾在上，灵魂在下！我突然想到。

二者皆无形……

作为一个个体，忘掉众多的清道夫，

我问她我能否弹琴。

我走向钢琴,弹奏起

哈姆雷提亚娜[1]……差不多二十分钟

(当他站在正午的阳光下[2])

我狠狠地弹奏

仿佛要从乐谱中抽出

花店用来束缚玫瑰开放的

残忍金属丝……

她指责我……我们争吵……

最初带着干燥的仇恨

但是很快我们就仿佛身穿睡袍

度过了汗湿的一整天……

当一个正弦的摆线抛弃其星

人格化自己开始发臭……

然后我告诉她为什么我来了……

原来那人是你!她从她身影之下惊叫,

某种她在夜里获得的色彩

注入她的声音里……

---

[1] 原文为西班牙语:Hamletiana,意为"与哈姆雷特有关的"。
[2] 原文为拉丁语:tamquam in meridie staret sol。

"为什么我没用戴满戒指的右手

描画她的背部?

为什么我没有为她跳树枝

或藤条的舞蹈?

这或许足以刺穿

她的羽绒被,并穿过

温柔的爱之门离去……当我想到

洛佩·德·维加[1]用他为埃莱娜·奥索里奥[2]

所写的诗填塞他的毛瑟枪!……

可是突然我感到云在我身后,

如果云可以是毁弃的房屋……

如果某物仍留在花园中

那么我的左手会感觉它是

---

[1] 洛佩·德·维加(Lope de Vega,1562—1635),文艺复兴时期西班牙黄金世纪最重要的诗人和剧作家。有"西班牙民族戏剧之父""天才中的凤凰"及"大自然中的魔鬼"(语出塞万提斯)之称,他革新了西班牙戏剧的模式,在那一时期戏剧开始成为一种大众化的文化现象。他对西班牙文化的影响一直持续至今。

[2] 埃莱娜·奥索里奥(Elena Osorio),维加众多情人中最著名的一个,维加诗篇中的"菲拉斯"便是指她。

一簇妇女的头发；

如果某物留在地窖里

那么我的右手掌，那个主侍者，

抓住一个酒瓶……呜呼，那是她的喉咙……

——————————————

朱丽叶！——当凶手遇上凶手,他们不会互相残杀,先生！

所以一个女孩有欲望但不知道为什么期待……

我第一次见到她时是在离沃尔泰拉[1]不远的树林里……

那是万圣节前夕她正在灌木丛中

折下最少色彩的枝条。

她有姐妹兄弟吗？我思忖，

她如此美丽使我分外嫉妒……

她的身体相对我的子夜活得如此自在

以致让人因爱发疯，我不能因爱生妒，

童贞！而我是那已堕落的正堕落者之一！

空气的巨大立镜

---

1 沃尔泰拉（Volterra），意大利托斯卡纳地区的一个城镇。历史古老，在亚平宁半岛中北部的伊特鲁斯坎时期即为重要的文明中心。

偿还伊特鲁里亚神祇们心之安眠……

不要吓着她,我咳了一声。

当她转过身来,她很平静。

她的喜乐仍在守护天使那里

她的幸福尚不在魔鬼掌中。

那情形就像她的灵魂是灵魂的身体。

处女!上帝所构想的,他想感同身受!

"没有一首十四行诗能成为甜糖,

即便是莎士比亚写的。

但不止一首有毒,

虽然并非贡戈拉[1]所作……

随后我沉默了因为

自然的墙中有耳

也因为为过更糟糕的生活

我们在死亡中找到一个理由。

剩下的你知道……她不是我的爱人……

---

[1] 贡戈拉·伊·阿尔戈特(Góngora y Argote,1561—1627),西班牙诗人,以诗中充满奇特修辞的"夸饰主义"风格闻名于世。

否则我的大脑今天不会吞进

已忘之物……而那里已

找不到地方,更遑论空间……

随后我想起了我的母亲

(我是她的第十二个孩子),即使命运

穿着铅靴,我急急跑向

像穿着莫扎特的葬礼服的她……

母亲!总是伫立站台挥手作别

终局孤凄!……她从最小的门

进来,当我们身体不适

一整夜也不够长来向她致以敬意,

即使星辰单手托起

她搭乘的车,只为先于她的焦虑

匆匆奔向她的孩子,

正当黑暗汹涌,

某处一盏灯窗呆呆斜视

一只奶酪佛陀般的黄眼睛,

凶兆像无处不在的女巫的肮脏纸牌

在玛丽亚采尔[1]烛火的摇曳里将我们的命运决定……

"母亲!……她的耐心,一次又一次地,

将永恒延缓

如果永恒已不存在的话……

她那轻悄的脚步,当你在病中

或当她带给你面包并羞愧于

上帝的礼物又是面团时!她过着

为恐惧驱动的,按自己的意愿而过的生活……

永远不等待她体内的光

挺直它的背!她付出了一切,

虽然你永远也不会看到她的名字

出现在报端,那被乞丐们阅读的报……

但是现在普利姆斯汽化炉[2](像信鸽的嗉囊)

开始汩汩咕嘟

---

1 玛丽亚采尔(Mariazell),奥地利的一处朝圣地。
2 一种燃烧汽化油的便携式炉子,普利姆斯(primus)是其商标名。

然后嘶鸣如一场葬礼之岑寂中的一声喷嚏——

康复期病人轻蔑发问是否人

真的会沉降到世界的蚁堆中仅仅为了

去乞求他自己的骨头……

但是不,母亲再次出现,突然说道:

圣诞节!——虽然她已说了它一整年……

而当奇迹发生时,她依然道歉:

恰恰今天我没有做好,

汤像苦胆汁,鱼有泥腥味,

馅饼卷结了硬壳,你看,我的儿子,

我其实已不会煮饭了……

她走到你面前,倒葡萄酒,

于是你第一次注意到她的手

苍老了,皱皱巴巴,青筋毕露,

那双谦卑的手,米尼姆斯修会[1]修士的手,

手如此之轻,仿佛翅膀的诱惑在其中,

---

[1] 米尼姆斯修会(Order of Minims),托钵修会男修士群体,由保拉(今意大利南部城镇)的圣弗朗西斯(1416—1507)创建于1435年。名称Minims("最低限度""最小的")反映了他们的谦卑。

但是这双手忠于所有那些人间事物

它们像一只枕头需要被抚平

枕在儿子脑袋下,虽然他是一个凶手……"

——————————————————

是的,我说,但是您的手在哪里

当您和罗伯斯庇尔在杜乐丽宫[1]里讨论

是否当为绞刑架施洗

(而后它们被施洗了!)——

您的手在哪里,如果不在

其上方戴着礼帽的大脑那里,

您引以为豪的手在哪里,如果永远不会

发生将一顶王冠

置于诗之头颅

您的手在哪里?它们既没有

在某页手稿留下痕迹,甚至也没在

1　巴黎杜乐丽宫(Tuileries)原本是皇帝皇后的寝宫。凡尔赛宫落成后,皇帝迁出;法国大革命之后,巴黎人强制路易十六住进杜乐丽宫,皇宫沦为国家议坛,成了权谋家们的决战场。后发生倒皇与保皇的战斗,皇宫半废;全废于巴黎公社时期,现只剩杜乐丽花园。

为未出生的阅读无能者出版的身后版本上。

"基弗,希拉,法萨,希卜西,

迪亚姆巴,达莎,哈尤姆,瑞桉巴,沫瑞!"

你咕哝些什么?我问。

"不过是些海吸希[1]的名字,"

哈姆雷特说道并继续,

"有一天我对一个女人说:来吧,让我们晃荡一阵,

我有个用修女的头发填塞的床垫

我住在五楼……

我就来,她说。可是当她站在我家大门口

她不知道如何爬楼梯。

她是个来自大草原的妓女……

"我不知道,但是讽刺不会为爱悲剧而亡……

---

1 海吸希(hashish),一种印度大麻制成的麻醉品。节首两行哈姆雷特说出的词 kif, šira, fasah, sibsi, diamba, daša, hajum, riamba, mori,亦是不同语言中的各种麻醉品名或与吸食状态、用具有关的名称。

悲剧的不是尤利西斯,而是埃阿斯[1]:不是大卫,而是

扫罗[2]:

不是浮士德,是梅菲斯特……而在我面前,

在我面前只有阿尔喀比亚德[3],醉醺醺的阿尔喀比亚德

在番红花的色彩中,在焦虑的色彩中……"

曙色乍吐。哈姆雷特说道:"黎明这娼妓!

但是随着时间我觉得,她似乎太大了……"

---

[1] 埃阿斯(Ajax),指大埃阿斯,特洛伊战争中,希腊联合远征军主将之一,作战勇猛,与赫克托耳对决战平。阿喀琉斯死后,他杀死了发起进攻的格劳科斯,把阿喀琉斯的尸体抬回战船,奥德修斯(即尤利西斯)断后。联军多数人却支持奥德修斯得到阿喀琉斯的铠甲、武器作为奖励,大埃阿斯怒至发狂,后愤而自杀。

[2] 扫罗(Saul),便雅悯支派后裔,以色列人进入王国时期的首位君主,是个有能力的勇者,在位期间建立了一支强大的军队,与腓力斯丁人作战并取得了胜利。但在位后期,听信谗言、不理朝政,不能容忍功高盖主的大卫,多次追杀他,致国力日衰,后为腓力斯丁人所杀。他死后大卫登基作王。

[3] 阿尔喀比亚德(Alcibiades,公元前450—前404),雅典杰出的政治家、演说家、将军。在伯罗奔尼撒战争中,曾因故叛逃斯巴达,又再不得已叛逃波斯,后被雅典方面召回,任雅典方面战略顾问、军事指挥官和政治家。他在斯巴达期间,在重创雅典中扮演了重要角色;在回到雅典之后,又在其一系列胜利中扮演了关键角色,最终迫使斯巴达寻求与雅典媾和。但是最终他的敌人再次将他流放。

我说：那是因为你正在想着她！

"也许！"他说。

我说：如果你愿意，

我将为你接通黑暗，

虽然只是在空间中

你甚至都不会注意到……

他说："一切皆可，除了

在大自然之闪电中的人！他已经发现了

他的舞台而我对此没有兴趣……"

现在拂晓已临……哈姆雷特右眼鼓凸

当黎明射进了他的左眼眼皮

一座小山踞于地平线，那里几块岩石

正试图修复整座城堡……

"不久前，"哈姆雷特说，"我和几个年轻人

到埃尔西诺去看望上了年纪的莎士比亚……

他为我们朗读他的诗歌……我们把诗歌当烟吸，

当酒喝，赞美它们，我们是真诚的

我们对他宣告爱,渴望听到更多的诗,

当他跟我们谈论起书籍

我们授予他上帝自己的图书馆长之荣名——

但是他永远也不知道我们说了什么

后来当我们从悲剧诗人之家[1]走到了街上……

"当然,无知不意味着幸福……

但是一首诗是一个礼物!"

(1949—1956,1962)

---

1 原文为西班牙语:casa del poeta tragico。

俄耳甫斯主义诗人

赵 四

在真理中歌唱是另一种气息。

一无所求的气息。神境的吹拂。一阵风。

——里尔克《致俄耳甫斯的十四行诗》(I·3)

俄耳甫斯是谁?

只要是对欧美文学、诗歌略有涉猎,就不可能没听说过俄耳甫斯[1]这个名字。从古至今,诗人、文人作品中提及他、歌咏他、称其名者,题辞献歌者,以之为素材者,可谓繁星满天。但我们真的知道他是

---

[1] 关于俄耳甫斯的名字,有说 Orpheus 是来源于埃及语和腓尼基语的混合,由"光"和"治愈"或"拯救"组成。也有说,从字源上看,orph- 在古希腊文中也许和"夜"(orphnos)、"暗"(orphné)或"藏在石下的海鱼"(orphos)有关。

谁吗？

他真的是那个神话中弹拨着竖琴、太阳下歌唱，唱到兽见兽爱、花见花开、石头落泪、令橡树排队来到色雷斯的诗人？是那个为爱情驱遣、下到地狱、感动了冥后，却因一个"回头"而错失爱妻的重生机会，令时光都抱憾的俄耳甫斯？

有人相信，他在历史上实有其人；有人认为他是一个想象出来的英雄、半神……他的身份和经历似可总结如下：

神话身份：古希腊神话中的诗人、歌手、竖琴手。
传说经历：历爱的丧失，下过地狱，最终被撕成碎片的半神。
历史身份：俄耳甫斯教教主，秘仪创立者。

诗人俄耳甫斯，无疑是我们对他的最突出印象。这位诗人看起来走的是与荷马、赫西俄德有异的另路他途，柏拉图在《普罗泰戈拉》中言及"智术"时曾曲折提示："智术……隐藏在各种面具之下。有的用诗，比如荷马、赫西俄德和西蒙尼德，有的则用秘仪或神谕,比如俄耳甫斯、缪塞俄斯[1]以及他们的追随者……"[2]

同样,不像荷马、赫西俄德有完整的著作流传,今人所得见的俄耳甫斯诗、神谕作品,大约是在一千年间(从公元前6世纪到公元4世纪)[3]每一个世纪里有或大或小名声的俄耳甫斯诗师们留下来的,也就是说,俄耳甫斯是这一传统里的众诗人,众名走失的千年此脉中,所有的诗人汇聚成了记忆里的一个名字——俄耳甫斯。

诗意的历史汇聚似乎也是俄耳甫斯教宗教理想的巧合再现,狄俄尼索斯崇拜中信仰巴库斯[4]的信徒们,最终的理想便是充分发扬所信之神的神性,使自己上

---

[1] 缪塞俄斯(Musaeus),按传统说法,缪塞俄斯是俄耳甫斯最有名的弟子,自公元前5世纪起,两人的名字就开始并称。缪塞俄斯亦是诗人、歌手,犹如俄耳甫斯的复身,或者他的儿子。传说他与俄耳甫斯一样,留下了一些秘仪文本。

[2] 本文写作方式并非严格学术论文,为阅读流畅计,引文不列出处,文后列参考书目。所涉引文和采用的重要学术观点俱从参考著作中出,因并非是严谨的论文,所以引文多为转引,并未查看原典,特此说明。

[3] 传至如今的俄耳甫斯诗能见到的最早作品始自公元前6世纪,而希腊思想对理性的建构、哲学的诞生亦是始自同时,可见的俄耳甫斯诗具有哲学色彩似乎也是这一时代叙事同构共组的参与者。

[4] 巴库斯(Bacchos),即狄俄尼索斯,据亚里士多德称,"千名的"狄俄尼索斯虽无千名,但也有420个名字。

升至与祂合一，亦成为一位"巴库斯"，尽管"执酒神杖者众，大彻大悟者少"，但众人成神期许美好，每一位俄耳甫斯诗师最终成为同一位俄耳甫斯。

那么俄耳甫斯是否实有其人？这始终都是个问题。西塞罗（Cicero）便曾纠结，"亚里士多德教示道，从不曾有过诗人俄耳甫斯，所谓的俄耳甫斯诗歌，有些人认为出自毕达哥拉斯派哲人Cercops之手。可是，俄耳甫斯，或者说俄耳甫斯的影像，总萦绕在我心头"。

萦绕在西塞罗心头的俄耳甫斯形象，也萦绕在从历史的远景到我们眼前的每一个痴迷者的心头，如果说彻底的遗忘是真正的消逝，俄耳甫斯若是历史真实人物的话，则因存在于几千年间人类的心灵中，而实现了真实的永生。与世世代代人之心灵中的神性存在为伍，乃是人成为神的效验之方。

20世纪初，信其有派们，比如英国仪式学派女学者赫丽生（J. E. Harrison），甚至设想出他可能的人生轨迹。赫丽生相信俄耳甫斯很可能来自克里特岛（也或许来自埃及），那个创造了辉煌的青铜文明、航海商业文化、迷宫建筑群的远古希腊，那里是真正融合了埃及人和希腊本土佩拉斯吉人（Pelasgi）的宗教仪式的地方,而这种融合就体现在俄耳甫斯教的仪式中。公元前1世纪的史家狄奥多罗斯(Diodorus)给予赫丽生的线索是:从家乡出发后,俄耳甫斯途经各岛屿,包括经过神秘仪式的发源地萨莫色雷斯(Samothrace),最后来到喀科涅斯人(Cicones)的家乡,也就是传说中俄耳甫斯安家的色雷斯地区。古罗马地理学家斯特拉波(Strabo)甚至定位了俄耳甫斯在那里的家,"在第乌姆城(Dium)附近,有一个叫皮姆普利亚(Pimpleia)的村子,那是俄耳甫斯居住的村庄……俄耳甫斯来自喀科涅斯部落,非常擅长音乐和占卜。他到处传播他的狂欢祭仪"。评注欧里庇得斯《阿尔刻提斯》的评注家引用哲学家赫拉克利特的话,说俄耳甫斯"在哈俄摩斯山(Mount Haemus)上对色雷斯的狄俄尼索斯教进行了改革。据说,在山上,他把一些教义刻写在了简札上"。他所使用的文字可能是佩拉斯吉人在腓尼基字母传入希腊之前所使用的文字,也就是人们现在在克里特发现但尚未能破译的线形文字A。也许就是在家乡,头脑清醒的乐师祭司、先知、教师遇上了狂暴的酒神狂女,这些被激怒的迈那得斯(Maenades)们迷狂中杀死他后,清醒过来,悔恨不已，将其埋葬，俄耳甫斯的坟墓及周围日渐成为圣所，人们在这里举行献祭时既使用燔祭品也使用其他祭祀神的祭品。燔祭品的使用，说明他的信徒们曾试图将其升格为奥林波斯神，虽然这显然没有成功，俄耳甫斯终究是个大地上的英雄、人间的半神。

综上，如果实有其人的话，在马罗尼亚（Maroneia）见到了喀科涅斯人崇拜的葡萄神[1]，并学习了他们色雷斯的北方风格音乐后，擅长演奏里拉琴（不吹竖笛、不敲手鼓）的俄耳甫斯，在历史上，主要是一位祭司或"修士"，他体现出相似于阿波罗的"秩序和专注"的精神气质，是一位致力于革新狄俄尼索斯崇拜的宗教改革家，为使人从缚在生死循环之轮上的痛苦、无聊生活中解脱，他倡导素食生活方式和净化仪式，创立了神圣的秘仪入会仪式。事实大概会如狄奥多罗斯所言，"俄耳甫斯是一个有天赋的人，而且接受的教育比其他所有的人都要多，他对那些狂欢秘祭的仪式作了许多改进，因此人们把这些源于狄俄尼索斯的仪式称为俄耳甫斯教"。最终，在他手中，形成了一种

---

[1] 克里特岛的宙斯之子狄俄尼索斯起初并没有葡萄酒神的形象。

崇尚精神苦修，以接近音乐之和谐的秩序和认知作为精神条件，同时包含了狄俄尼索斯崇拜对迷狂之崇尚的俄耳甫斯教。"两种截然不同而又密切融合的宗教[1]就是从那里南下传入希腊的。……神秘主义和'神灵感应'融合到了一起，于是希腊宗教最终形成了。"后来的圣奥古斯丁则洞见到"那个没有神的王国常常把俄耳甫斯尊为主持冥神祭祀的首领"。

据今人可见的考据材料，诗人伊比科斯（Ibycus，或阿尔开俄斯）第一个提到"俄耳甫斯的美名"；考古学家在约前560年的神庙檐壁上，发现了刻有俄耳甫斯站在阿尔戈船上演奏的画面。公元前250—前240年，诗人、亚历山大图书馆馆长罗德岛的阿波罗尼俄斯（Apollonius）所作的史诗《阿尔戈远征记》中，伊阿宋召来的第一位英雄便是俄耳甫斯，甚至早于老

---

[1] 俄耳甫斯和狄俄尼索斯的仪式与神话之间关系复杂，具有精神上的对抗性。但二者最终高度融合，在希罗多德和欧里庇得斯的著作中，我们清楚看到，自公元前5世纪以来，人们便普遍认为俄耳甫斯的追随者和狄俄尼索斯的追随者实质上是一样的。发掘于黑海边上的公元前5世纪的骨片铭文上，刻有"狄俄尼索斯—俄耳甫斯"字样，反面则为"生—死—生"。俄耳甫斯教体现出了狄俄尼索斯崇拜的全部意义和其在精神上的最高发展。

牌大英雄赫拉克勒斯的到来，也甚至有说法称他（更多说喀戎）是赫拉克勒斯的老师。这使我们坚信俄耳甫斯其人其事的源头无疑远早于公元前6世纪，他是活动于古希腊古风英雄时代的人物，在形成成文"经书"传统之前的漫长时期里都有关于他的口传传统活跃于世。而自公元前6世纪始，经由他在雅典发生的影响，他的形象和思想在历史文献中清晰明确起来。

希罗多德《历史》中提到的俄诺马克里托斯（Onomacritus），这位公元前6世纪的雅典人、祭司，缪塞俄斯神谕的传言人或创造性发挥者，在那个不严格区分原创诗歌与收集改编作品的时代，还是因为轻率窜改了缪塞俄斯的神谕而遭到了庇西特拉图的儿子的放逐。这也令亚里士多德的注疏者Philiponos认为，所谓俄耳甫斯的诗都只是俄诺马克里托斯对俄耳甫斯思想的记录。

可见，在古典时期到来之前的庇西特拉图时代，人们对"俄耳甫斯"的著作进行了收集、编辑、修改，就像人们对"荷马"的著作也进行了收集、整编一样。考古迄今未能发现有公元前6世纪之前的俄耳甫斯文学作品存在，但有人仍试图在他作中寻迹俄耳甫斯精神之痕。赫西俄德《神谱》中"独生的赫卡忒"颂歌，人们便感其大异的精神气质,指其更像俄耳甫斯颂歌;《荷马史诗》中数处提到的狄俄尼索斯,也让人觉得有如"非荷马史诗式"的"窜改"。

现如今可见已攒集成书的《俄耳甫斯教祷歌》中88首诗作则大多创作于后希腊化时代的公元4世纪,这些作品已呈现出一种一神崇拜的倾向,虽然名义上仍是献给各具不同身份的奥林波斯众神的颂歌,但诸神的界限已变得颇为模糊,大大小小的神祇之间似乎具有某种遥远的统一性,新近更渐渐融进了神秘一神的熔炉,最后都变成"多形的""千名强大的""多面神","给人带来滋养的神","刚出生的神","救星","无比荣耀的神"等。相互等同的神,实际变作一个神的多个神,反映的似乎是民族的文化心理正在反思神的世界中一与多的奇特关系。这个神不再是一个人格化的神,更多地汇聚向一种无限的神秘威力。

俄耳甫斯教的教义主要是神谱叙事[1],但这不是我

---

[1] 有研究者总结俄耳甫斯神谱叙事,尤其据流传最广的"二十四叙事圣辞"版本,在继时间之神与原初的卵之后,共有六代神王:法那斯—纽克斯—乌兰诺斯—克洛诺斯—宙斯—狄俄尼索斯。最终再生的狄俄尼索斯象征着法那斯的回归。这是俄耳甫斯神谱与赫西俄德神谱的最大区别。

们这里要更多关心的内容，我们更想搞清楚的是缘何奉行狄俄尼索斯崇拜的俄耳甫斯，会被酒神狂女们撕成了碎片？寻踪了他的人生轨迹，我们势必不会再相信古希腊奶妈和老祖母们的故事了——因为欧律狄刻再次死亡后，"爱情和婚姻不再能使他心花绽开"，从而惹恼了感到被轻视的喀科涅斯妇女们，以致趁便在献给巴库斯的圣仪和夜祭里，阴谋把他撕成了碎片。色雷斯的野蛮妇女们感到受轻视是必然的，但她们感到的是一个外来先知的改革在蔑视她们古老的仪式，信仰和观念的纷争从来更加不共戴天？以至于需要一代代的殉道者以血肉去填平历史车轮无情辗出的车辙深沟？当然，我们也可以联想，这也许拷贝的是某种以王献祭的方式，再现圣子狄俄尼索斯被泰坦撕碎传说的神秘影像。每一个仪式的创设都是为了令人牢记，无论野蛮还是雅致，生与死的秘密在重复动作中演出（即复活）并铭记自己的法则。

作为俄耳甫斯教的教主，除了献祭般死亡，俄耳甫斯的另一圣迹便是经历过地狱之行。所谓下过地狱，大概就是参透生死的形象表达。若无此，何以教导信徒们了解生死之谜？"谁能知道，生若非死，死若非生？"若不知生死的转化，又何以能企凭此生净化之力，获永生的记忆，追随并成为那"会死的永生者"，回归到灵魂"属天的"神性，作为摆脱了肉体大地性的"布满星辰的广天的孩子"而最终与神同行？

古典语文学者发现，欧律狄刻（Eurydice）的字面意思是"统治遥远国度的"或"无边国度的"，那可能便是地狱、亡者的世界，也许她就是色雷斯地区的一个亡灵之后。如果是这样，生命无法挽回、死亡无法撤销就是俄耳甫斯经历的真理。对这个所有世代的诗人都无法释怀的"回头"即失，我们可以读到多种理解、不同角度的重新阐释、再度创作、多样发挥，其中里尔克的杰作《俄耳甫斯·欧律狄刻·赫尔墨斯》无疑进入了最具心理深度的"必然性"层面，过度紧张的心弦必定导致无意识的逆动，他写出了如何"回头"才是必不可免，不回头只是一种简单理想。因而里尔克该诗是所有相关主题诗作里最能深入人心的一首。对此，基于灵感来自欧律狄刻是"死"之概念，而变巴库斯的肉体"迷狂"为"理论"的精神沉醉是俄耳甫斯的伟大贡献[1],某日,我亦对这一"回头"产生了一种具沉醉感的俄耳甫斯诗师式感悟……

这一次,希腊神话再次化概念为女神,"无法挽回的死亡"化身为被诗人切慕爱恋的欧律狄刻,懂得一切人生奥秘的希腊人无疑相信,再没有什么会比"永失吾爱"更能令多情人彻悟死亡真谛、生命无常(虽然深刻的男女之爱变作文学主题在历史上出现得颇为晚近),如果一个人没有同等强大的内心重生能力或没有能力最终进入哲学爱智生活方式的话,"爱的丧失"甚至是能带走生者的最强大的丧失,虽然这两种能力都不是我们此刻面对俄耳甫斯的主题。迄至此刻,他终归仍是爱的歌者,记忆的执行人,靠言说真理和颂扬的"爱"而生、悦万物的行走的歌者,本当无所挂碍、自由歌唱,行此天赋神赐的能力(而非像赫西

---

[1] 有人考证 orgy(狂欢)这个词的原义,它原是俄耳甫斯教派用于指称"圣礼"(sacrament)的词,教派以圣礼来净化信徒的灵魂使之得以避免生之巨轮。theory(理论)这个词亦是俄耳甫斯教派的一个词,史家释其为"热情的动人的沉思"。该词通过毕达哥拉斯主义逐渐获得了它的近代意义,然而对一切为毕达哥拉斯所鼓舞的人们来说,它一直保存着一种狂醉式的启示的成分。据罗素总结,毕达哥拉斯是俄耳甫斯教的改革者,俄耳甫斯的成分正是经由毕达哥拉斯进入柏拉图的哲学,又从柏拉图进入了后来大部分多少带有宗教性的哲学传统中。

俄德只是传扬缪斯教授的内容），无奈万般牵念所系就在身后，冥冥中不可回首、不可回首、不可回首、可回首、不可回首、可回首、回首……仿佛是"转头成空"一词先来到，感念尤深的神话制造者为其所捕获，驯顺地，被催动的形式创造力渐渐看见了俄耳甫斯在地狱门口停下、茫然回首，赫尔墨斯身旁，影子般的欧律狄刻消失……无意识在重压之下的自我运动像一切伟大的反动派抹去了意识的诫令。"遗忘"并非空造的概念，它找到它最痛切的触发之地、感性起点，经由"丧失之发现"的心理触发机制，心被放空、遗忘蔓延……回首的瞬间，意识之弦坍塌一刻，在这取消了时间的旋涡里，俄耳甫斯看见了时间的变形记在上演，过去变为了未来，已死的变为将死的，原来死亡如此切近，一直与我们如影随形，只要回头它便扑面而来，将你吞噬，从此死亡进驻你体内，欧律狄刻再不出离俄耳甫斯身心，直到他被撕成碎片，他的头颅仍在赫布罗斯河（Oeagrian Hebrus）上喃喃着欧律狄刻的名字。当我们使欧律狄刻的人形消散、概念现身，参透生死之谜的诗人形象从我们沉醉其中的"理论"沉思中诞生。有了"死亡"的压舱物，俄耳甫斯不再只是单纯歌者,继续歌唱或沉思的话,必然成为具有"思之深"的诗人,而现今的我们俱已知,死亡的创伤源点从来是诗人所蒙的恩赐,每每会驱动出那潜在的"伟大"。暧昧的希腊神话,似也天才地隐藏了这一会使诗人具有"伟大性"的起点。

俄耳甫斯诗歌比之荷马、赫西俄德诗歌,首要的显著特征便是具有空论色彩,有强调智识、触及自然奥秘的特质,有能力以形象行概念之思,一如让欧律狄刻的形象承载起诗人对死之参悟。

布朗肖在《文学空间》中专章以俄耳甫斯投向欧律狄刻的目光为"灵感"之思,亦深邃迷人,见出神话伟大的能指创造力,几乎可以无限地创造出所指,变它们为象征的体系。夜神纽克斯(Nyx),可谓是俄耳甫斯神谱的最初产床,在其怀中诞生了初始神爱神风卵厄洛斯(Eros);仿如一个天生的俄耳甫斯式思者,在这最能赋予作家们以产能的"夜"中,布朗肖分辨了两种夜:接纳的、作为白天的建树的、可于其中寻找不可见之物的夜和不可进入的、一旦进入便无有可能再从中出来的、并且并不能与夜相结合的本质的夜,"这另一种夜是人们找不到的死亡,是自我遗忘的遗忘，这遗忘在遗忘内是无休止的回忆"。而欧律狄刻便是这本质的夜，是深刻，是如若诗人沉溺于对其的过度体验或极度的渴望，便可能会取消作品的作品所来自的根源及其不确定性之所在，"看着欧律狄刻，而不关注歌唱，缺乏耐心而且还有忘了戒律的那种带有欲望的不慎，这一切本身就是灵感"。戒律为确保作品的幸存而在！因为欧律狄刻是那根源，但作品不在根源里，而在过程中，因而她是不在场的根源，她不在那儿，如果你看向她，便只能看到她的不在；被禁的目光正是禁止超越歌声的界限去试图拥抱那源头，而在向着根源的空无而去的失败中，暴露出的是真实性的根源。被撕碎的俄耳甫斯，是向着不可能而去的永恒行动，作品正是生自对不可能的求索、生自这永恒行动当中。失去的欧律狄刻和被撕碎的俄耳甫斯对于歌、对于作品来说，是那必要的祭品。语言的、文字的人类，唯有凭对作品及其渊源之思才最深地探入了物的和物之空无的夜，这仿佛俄耳甫斯信徒一般再创的对夜神的理解之高点掘进！

无论如何，事到如今，但凡略带学术视野，我们便会看到，在有史可寻的一千年间，一个祭司和哲学家诗人形象的俄耳甫斯，渐渐修正了神话传说中的那个竖琴手、歌者诗人、深情爱人。也许，神话传说中地狱归来之后万念俱灭的俄耳甫斯，正是在这样的"生灭"之后，走上了宗教哲思诗人的道路，这不免使人浮生联想，仿佛神话再次隐喻甚至引导了历史的展开。

诗的至高无上源自何处？

每一个俄耳甫斯教信徒的亡魂在做地狱之行时都须谨记要对地狱园丁们说出下面的话：

> 我是大地和布满星辰的广天的儿子，
> 我是神的后代。这一点你们都知道。[1]

这句死者告知于神的报关通牒，所言乃是：我已拥有完美无缺的记忆，关于神人拥有共同起源的记忆。俄耳甫斯教信徒并不冥想人类如何被造，而是记忆人

---

[1] 见出土的各古墓金箔铭文。

类遭受玷污的诞生。而若遗忘了这起源苦难，于信徒而言，便是无知。为人的灵魂找到了神的本原和根基，正是俄耳甫斯能够耸立起俄耳甫斯教宏大拱圈的那块拱心石。这一记忆的象征物，就是道路右方的一汪死者当饮的摩涅莫绪涅（Mnēmosuyē）之泉，向看守者要求饮下此泉，正是俄耳甫斯信徒的拯救之道。饮下"记忆"，灵魂得以为自己正身：我已归位于神。记忆乃是对永恒的认知。而一旦错饮了道路左边的遗忘之泉，踏上遗忘之原，亡魂便会坠入不复的"轮回"之域，重历阳光、苦难，再经繁衍、生活；代代转生，没完没了。饮下记忆之泉，方能回归汇至神性存在的本源之中，脱去"轮回"之苦的枷锁。

亡魂地狱之行进行的道路选择，全部的秘密就在于"记忆"和"遗忘"的斗争。

俄耳甫斯之死的圣迹，重要的宗教意义也在于，死即是生，他重返了"创生原则"：回到父亲河神俄阿格洛斯（Œagre）和母亲缪斯女神卡利俄佩[1]的怀中。

---

[1] 卡利俄佩（Calliope），意为"美妙声音"。原司史诗和论辩的缪斯，在赫西俄德那里是九位缪斯中最重要的一位。到亚历山大时期，人们开始真正将其当作抒情诗的缪斯。

正是因为有着卡利俄佩——这记忆女神摩涅莫绪涅之女——的神圣起源,俄耳甫斯飘荡在赫布罗斯河上的头颅才仍能记得一切,仍在歌唱;也正是因此神圣起源,他不仅拥有一般吟游诗人的歌唱能力,更具有直接凭神谕言说的能力,他漂至楞诺斯岛上的头颅仍在发出预言,创造奇迹。

俄耳甫斯从母亲那里继承了摩涅莫绪涅的技艺,也即拥有对"从前、现在和未来"的知识——知识即存在的记忆。据德蒂安(M. Detienne)对古希腊神话思维是如何转变为理性思维的精彩研究,在希腊古代世界里,共享这一知识和话语系统的,是诗人、先知和国王,他们源自因拥有特殊的品质而享有发布"真理"特权的三类人——预言家、吟游诗人和正义之王。能凭着记忆的巫术—宗教言辞的宗教力量(而不仅仅只是吟游诗人歌唱言语的物质基础或套话技艺依赖的心理功能)直接进入彼岸的预言家和诗人,能在出神的恍惚状态或想象状态中看见、辨认不可见之物,说出"昔为何,今为何,将为何"。凭借这一具"实现力"

的、行动的灵验话语,诗人的歌唱[1]言语构建起一个象征性宗教的世界并成就其为现实本身;以此言语祝圣人类的功绩和行为,也使它们因此成为光辉和启示,实现为存在的完满。相似地,以最古老的预言家"海中老人"涅柔斯为原型的正义之王[2]国王们依靠严峻的考验而具备了发出真正话语[3]的力量,将正义带给人类,无需借助证据或调查就能建立法律秩序。这三类人物的言语核心,就是"真理"阿勒忒亚(Alētheia)。

真理最初是言语,是习从于知晓"昔为何,今为何,将为何"的缪斯门下因而也是"记忆"门下的诗人和占卜师的言语。这一真理,"既不能跟礼仪秩序相分离,也不能跟祈祷、法律、确保着昼夜交替的宇宙强力相分离"。而这里所有的真理都如此神秘,当赫拉克勒

---

[1] "歌唱"(krainōn)的字面意思是:他通过赞美使其真实。
[2] "真实的""无欺的""无错的"最古老的海神涅柔斯,"从不忘记什么是正确的""思想总是温和又正直",在他的世界里,真理就是"在沉默中知道一切将要发生和已经发生之事",而正义对应的是知道"一切神意之事,不论是现在的还是将来的",因而他拥有的真理能力包含神谕的知识和正义的力量二义。
[3] 如福柯所言,真正的话语是"由根据习俗将说话当作权力的人发出的"。

斯试图抓住真理大师问询时,起伏不定的涅柔斯变形为水、为火、为千形万状,让人难以寻踪他的真颜。

主导人类、一直演变为我们如今以物理、化学为核心知识追求的"求知意志",拥有自古希腊精神的规定性而来的等值替换词"求真意志"。而最初,真理是那一套以"诗的模式"[1]为范例的知识系统的核心。

这一包含永恒存在的不证自明的思想体系的存在,究其心理根源,应和原始先民不同于我们如今严格区分主观世界和客观世界的认知方式有关。并不清楚区分概念和知觉的先民们,往往用想象、情感、梦幻世界里的间接现实来创造出另一个世界,一个超感觉但却非常真实的世界。"这个超感觉的世界……包

---

[1] 在迄今能够获得的文本中,《神谱》中葆有最后留存下来的古代歌唱言语,研究者在其中发现了诗和宗教中阿勒忒亚(真理)最古老的表现。赫西俄德的缪斯自豪地声称自己有"说真话"(alētheā gērusasthai)的特权。阿勒忒亚的这个含义因为和专司"讲述今为何、将为何、昔为何"的缪斯、和记忆的关系而呈示出来。《神谱》的特定语境不仅表明了阿勒忒亚和记忆的密切关系,还指出人们应该将这两股宗教力量当作同一种表现来理解。诗人的宗教功能被证实只在神谱文学的最后回声中,他的赞扬和批评功能则一直持续到古典时期。品达和巴克喀利德斯为了少数贵族的利益创作凯歌,完成他们前辈先前担当的角色。但到古典时期为止,特权的歌唱语言思想体系作为宗教力量已经变得更加不合时宜了,只如同最后的挣扎。

括看不见的现在，也包括过去和未来，它挤满了死者的灵魂，而且被无数神谕和凶兆所笼罩。原始宗教的永恒、原始宗教的另一个世界正是这个超感觉、超自然的世界；它不是时间上的无限，而是一种脱离了可感知的现实的状态，是一个一切情况都可能发生的世界……"当坐在神示所里三角凳上的神谕发布者出离实体、可感的"客观世界"，进入如梦似幻、心醉神迷、迷离恍惚之境，她进入的正是这个以心理主体为基础，将情感、希望、恐惧、想象同主观幻觉创造性交融的、充满间接现实的彼岸世界。

在越来越多的"人之科学"的研究者们的教导下，如何认识、尊重这样一个世界观，正成为我们当代人文化素养的组成部分。科学的方法论努力建构一种简单符码的系统，初民的"具体逻辑"、野蛮思维却是一套语义系统，可以永恒地自我重组，重整经验世界的数据，却不减少离散元素的数量。对于这一在漫长人类历史中延续的灵活连贯的认知模式，研究者如荣格、列维-斯特劳斯证明了象征符号、神话传说、图像模式既是储存知识、使知识概念化的方式，而复制了根本的结构特征的心理过程也是集体性的，它甚至可能会符合展望：这样一种本质上是永恒的、在同时和部分的想象世界构想出经历的精神实践或许与量子力学和相对论的世界图景不无相关。列维-斯特劳斯相信，拥抱着语言又超越了语言的神话，是一种更加灵活、更富创造性的普世句法，神话性的思维是比语言更普遍、更神秘的音乐性思维。正因之对音乐和数学语言的强调，乔治·斯坦纳（George Steiner）颇情深义厚地称列维-斯特斯劳斯全面展现此一理想的著作《生食与熟食》（*Le Cru et le Cuit*）"是真正意义上的俄耳甫斯之书"。

所以，记忆，绝不仅是使人能够记住并讲唱长篇史诗的能力[1]，它更是使人忆起自己的灵魂进入迷狂状态或出神想象时所看到的一切的能力。摩涅莫绪涅，这创造一切美妙如乐之事物们的缪斯之母！这位永恒的全知者！

"记忆并不仅仅是二次遇见的馈赠，让一个人

---

[1] 帕里-劳德口传理论研究发现，吟游诗人的创作是在吟诵的现场同步发生的。诗人们讲唱"不是用词语，而是套用固定格式，即那一组为六音步扬抑抑格的固定词语。"而诗歌的灵感是以长期的记忆训练做支撑的，这一记忆从根本上与个人的回忆不同，给予诗人灵感的知识是占卜般的全能知识，是"所有曾经存在、将要来临和已经逝去的事物"的知识。

能同时抓住过去、现在和未来，更重要的是，它是重生之链的终点。记忆的力量是双重的，作为一股宗教力量，记忆是生命之水，标志着'后躯体'（metensomatoses）循环之尽头；作为一种理解能力，它包括一种能够超越时间和死亡的救赎原则，并且，能够使人获取全部的知识。"作为最高宗教力量的记忆，让我们记起这是俄耳甫斯的馈赠。在黑海海岸旁米利都（Miletus）殖民地的发掘地，人们发现公元前5世纪的骨片上，在"生—死—生"三个词下面，俄耳甫斯和狄俄尼索斯名字旁的第三个名字是阿勒忒亚（真理）。

真理女神阿勒忒亚，那时你还未曾披上合乎逻辑原则、合乎现实检验的理性衣衫[1]，你是和摩涅莫绪涅一样的全知者。你们共同拥有真实的（alēthēs）、无欺的（apseudēs）、无错的（nēmertēs）、永远不会遗忘的知识。而遗忘女神Lethe（勒忒），那时她也主要不是和记忆女神对面交锋，从字面，我们即知，古希腊人视她为Alētheia（真理）的补充、界限、影

---

1 始于公元前6世纪的希腊对理性的建构是以"真理"女神阿勒忒亚的特定形象为基础展开的。

子。与正义关系密切的阿勒忒亚[1]与歌唱语言穆萨（Moūsa）[2]成对，由光和赞美相伴；与之相对的勒忒，则与沉默、谴责、晦涩为友。如果遗忘是"不解的一种"，那么，真理便是我们不再不解的事物。阿勒忒亚，当你以记忆（摩涅莫绪涅）为基础，以遗忘（勒忒）为补充，以正义［狄刻（Dikē）］加持实现，以信念［皮斯蒂（Pistis）］为心理模式，以说服力［佩托（Peithō）］传导至世界，人们相信，你发出了现实可行的真理，你是灵验的力量，你创造了存在（being）。

在信仰遵循暧昧逻辑[3]的神言的古代世界，预言

---

[1] 在灵验言语高奏凯歌的宗教思想中，真理和正义是不可分割的。这种言语总是与宇宙秩序相一致；它既创造了这一秩序，也是体现这一秩序的必要工具。

[2] 既是普通名词又具有神圣力量的"穆萨"一词，表示的是歌唱式的或有节奏的言语。亚历山大里亚的斐洛（Philo of Alexandria）在一段"古话"（palaios logos）中对"歌唱语言"和"赞美的语言"的关系解释得尤为清楚，"……万事万物都极其完美和完满了，唯独缺少一样东西，那就是赞美的语言……万有之父……立刻就创造了充满和音的歌者家族，这些歌者全由他身边的一位记忆贞神（Mnēmē）所生，普通大众将她们的名字改为摩涅莫绪涅。"缪斯女神们的名字几乎组成了一部"歌唱语言"的神学理论体系。

[3] 正如韦尔南的辩证解释，暧昧的逻辑其实是一种可能的、似真的逻辑，局限在实践的范围内，支配着一种不精确的本领，这种本领实施于在本质上就不太精确、屈从于变化世界的事物。

家、吟游诗人和正义之王同为"真理"的主人，作为言说真相的人，他们共同使用拥有"实现力"的、行动的灵验语言。其后言语，历经了它在希腊城邦生活和文化发展中的世俗化进程[1]，日益成形为以通过论据、相互不矛盾和区分了意义与假设指称的对话为标志的新智识。"灵验语言"和"对话语言"两种言语模式，对应着思想范式"神话思想"和"实证主义抽象思想"，或简称神话和理性。

当对话语言取代了灵验话语，真理从此进入了一个其中事物都属相对的世界。自传说中诗人西蒙尼德斯（Simonides）发明了"记忆术"之后，记忆日益不再是一种特权式的知识形式，也不再是赎罪和拯救的精神操习，记忆成为通俗的技巧，真理让位给了意见（dokein），作诗变成了一种职业，诗歌艺术也被西蒙尼德斯定义成欺骗（apatē）的艺术，类似于手艺人和画家以假乱真的技艺。然而，正是在那个思想交

---

[1] 德蒂安的主要观点是，公元前650年，希腊社会生活中重装步兵的出现促使了"同等类似"的士兵—邦民的出现。对他们言说且宣传集体事务或与集体事务相关的世俗演说的现实需要，使得"对话"模式站稳了脚跟，而此时传播真理的灵验言语渐渐荒废。通过基于政治且与广场（agora）相关的新功能，逻各斯（言语和语言）变得独立。

锋的时代,在诡辩术与修辞术的心理技法使真理从城邦生活中消失之处,接替旧的真理大师的圣贤、宗教哲学人士使真理完全脱离了欺骗、说服、主张所代表的暧昧的领域,从此定义其为绝对,位于存在的一边,始终表里如一,拒绝模棱两可。在巴门尼德那里,真理从此与永恒之存在联系在一起,完全符合于不矛盾的要求。

要而言之,我们可以说,迄今,人心中对"诗"的至高无上、无冕之王的不灭认知,其来源,便是具有"真理"内核的"记忆",尽管这个"真理"是暧昧的真理,尽管这个从时间中逃逸出去与神圣相结合的"记忆",这一整套大规模的心灵回忆神话也已不再为我们所熟知。作为后来人,我们的"记忆"无论关涉个人还是集体,都只和时间及往昔有明确的关系。曾经,在神话思维盛行的宗教时代,那个非文字文明基础上的言语文明时代,存在着一个至高的"言语—真理"维度,并且,它以"诗的模式"为典范。在这个以真理为核心价值观的整个诗歌传统中,诗人是真理的主人,他的"真理"是表述行为的真理,从未被挑战或是证明,如果诗人言说时是真的受到激励,所言乃基于他先见的天赋,那么所有人都相信,他的言语就趋于和"真理"一致。

最终,是对"真理"的记忆使诗从未全然走下过神坛,虽然赞美的荣光可以一再调低亮度,爱与真相的鹄的则从未曾离开。而走下神坛的诗,一味走低的话,其价值在公众心目中仍然是贬值的,因为人心深处仍有对远古理想标准的记忆。

想象的观念史及创造的"诗模式"

西蒙尼德斯在历史中发出了他关于诗的意见的高呼——"绘画是一首无声的诗歌,而诗歌则是一幅有声的画作"——之后,"诗"似乎从人们一直相信的参与神明、诗人在迷狂状态中(无论是酒神狂女们的狂欢迷醉还是俄耳甫斯式的理性"沉醉")才能获得的神力展示,降格到了以模仿为务的画家们只能以假乱真的技艺层次。再经形式主义者亚里士多德用他的科学头脑在《诗学》中确认了模仿(mimesis)是人的本能、艺术的起源之后,在文学理论领域的显白层面，大概要到文艺复兴时代，尤其在浪漫主义时期，以迷狂为底色的"想象"创造观才终于又压倒了古典主义的模仿论。比如在英语世界中，莎士比亚在《仲夏夜之梦》里和柏拉图如出一辙地把诗人、狂人和恋人相提并论，锡德尼为诗雄辩"世界是铜造的，而只有诗人才给予我们黄金的"。而后是柯勒律治在他的《文学生涯》中对为浪漫主义赢得自己灵魂的理论核心"想象"的不懈探讨……以致我们今天若谈及诗人和艺术家的想象"创造"（这因等同于上帝的创造力而近乎渎神的概念），是太稀疏平常的事了。我们也因此感觉到，在思想史当中，一定有一条未曾断流的"想象"观念史在文学概念的交替背后发挥其待掘矿脉的引领思考的作用。

我们会在这一节中看到，在西方思想传统中，和曾经的"记忆"一样，"想象"有其天庭一席的位置，且更深入地作用于世界的物理面向上。

在面对世界客体之前，我们先来面对"想象"对人这一主体的作用。对于个体存在而言，在主体面对和身处的基本存在这一层次上，它是拉康理论体系里的主体的构成方式。那些由意识中或无意识里的、感知到的或幻想出来的形象所控导的基本的和持久的经验，是在个体镜像阶段的原初认同中的心理构建力量，它会一直延伸到个体成年后对他人以及外部世界的经验之中；它使主体产生具完整性、综合性、自主性、二元性，尤其是相似性的幻觉，仿佛自己拥有一个"自主的自我"。而这一主体心理的构成方式，根本上，是想象；其所构成的主体现实，拉康用象征秩序来指称。

个体构成自我靠想象，巨匠造物主"创世"也靠想象。在柏拉图主义认识传统中，自然是一种等级较低的力量，它对应于赋予可感世界以生气的无形力量，这种无形的理智的力量，名为灵魂，或曰"普纽玛"。灵魂所行的"创生"（phusis），是神的技艺，不管它是《蒂迈欧篇》里德牧革（dēmiourgos）的技艺，还是斯多亚派哲学家们的那团永恒的"技艺性的火"。

皮埃尔·阿多（Pierre Hadot）在《伊西斯的面纱》中颇为开智地为我们梳理了一条"想象"的思想发展史。它也许有一个我们现今很难接受的"魔法论"起点，但唯缘此，我们方能理解"想象"为何会在西方思想中成为一种准信仰，人们暗自相信其具有和远古的宗教—巫术效力"言语"一样的或接替它的"实在"的实现力。

公元2世纪的新柏拉图主义者波菲利（Porphyry）信仰在可感现象背后的灵魂和隐秘力量，按其所说，灵魂在向具有物质性的有形实体下降的过程中，会穿上一个符合其灵性倾向或理智等级的身体。作为灵魂之身体的想象（phantasia）是一面镜子，灵魂可以从中看到自己的形象以及它此前沉思的永恒理型的形象。穿着第一个身体的灵魂不断下降，一层层地穿越行星天球，直至达到可见的尘世身体。因而，公元6世纪的奥林匹奥多罗斯（Olympiodorus）写道："在认识的秩序中，灵魂的第一层外衣是想象。"通过在想象与较低的灵魂力量或自然之间建立起的这种密切联系，波菲利的推论必然会到达根据想象这一生理过程，我们可以思考巨匠造物主是如何创造可感世界的。某种无形的、非空间的东西是可见宇宙的成因，造物主不必借助于工具或机械，仅凭存在，凭内视（interior vision）就能产生可见物。仅凭存在，想象这一"自然魔法"，从此开启了使事物变成实在的过程。从中世纪直到浪漫主义时期，人们普遍相信，思想和想象中有一种无形的力量，能够产生可见的结果。[1]尤其经德国神秘主义者、神智学家雅各布·波墨（Jacob Boehme）的阐释，原本作为灵魂身体的想象因为与引诱和迷惑灵魂的幻景——自然联系在一起而具有的自然低劣性亦最终消退，想象成为一种源于上帝本身的创造性力量。

而包括创世想象在内的"创造"，如果有一个理型模式，那便是"诗的模式"，便是以言语创世，它仍拥有曾经以"诗的模式"为自身范例的"言语—真理"维度的神话思维知识系统的记忆。在话语的生成运动中能够重新发现事物的生成运动，是因为在实验科学发明之前，人类认识自然能够诉诸的唯一手段就是言说（discours）。说到底，诗歌、艺术作品的诞生是创制（poiesis），而非任意臆造，它是和认识自然"一起诞生"的，是自然诞生这一事件中的一个环节。

---

[1] "自然魔法"传统影响下的关于想象的作用，在文艺复兴和浪漫主义时期产生了极大反响。皮埃尔·阿多在蒙田、帕拉塞尔苏斯、布鲁诺、雅各布·波墨、诺瓦利斯、巴德等重要思想家、作家身上辨识出清晰的"魔法"想象观传统，即相信想象具有魔法的力量，只要有形象出现，想象就能起作用，它所产生的图像具有一种准存在性，趋向于存在，体现出"自然服从灵魂的想法"（阿维森纳）。

凭言语创世的宇宙创生论，可在柏拉图的《蒂迈欧篇》中找到原型。柏拉图将世界描述成是以技艺方式因而是由某种力学方式制造出来的东西，同时提出了一套自然物创生的数学模型，用力学模型来理解世界的运动。作为以技艺游戏创制世界的几何学家般的巨匠造物主，在柏拉图这里，首先是一位宇宙诗人，诞生于言说当中。而如果宇宙哲学的呈现只能且必然首先是一种言说，那么它就同时是一种心理学和修辞学，也即属诗的。"这个神的确是在某一天诞生的，是在我们的言说中诞生的。"这种言说属于"可能的神话"、神谱家族文学体裁，旨在思考世界创生的一种可能方案：如果它是按照理型模型构造出来的，世界会作何样的呈示。亚里士多德《诗学》的观点亦认为，它属于诗歌而不属于历史，它没有任何对历史性的要求。

"《蒂迈欧篇》是一种诗，或一种技艺游戏，用来模仿神这位宇宙诗人的艺术游戏。如果世界这个神可以在柏拉图的讲述中重生，那是因为宇宙是一种由神创作的诗。"而如果宇宙是一首诗，那么诗人就可以通过作诗来揭示宇宙的秘密和意义，创作出来的诗便是某种形式的小宇宙。我们还记得，作为灵验话语的诗歌，在神话思维系统中，歌唱语言 krainōn[1] 就是"通过赞美使其真实"的有实现力的语言，事物会从诗人的歌声中诞生。哪怕还原地设想，自切身感受自然中而来的俄耳甫斯的歌声怎会不因其旋律、节奏、和谐之美而影响、施教化于自然呢？踵其后的思想家们更发扬他至歌声创生自然。

在《蒂迈欧篇》的续篇《克里底亚篇》中，柏拉图再言，"这个神（即世界）曾真正诞生过，方才又在我们的讲述中再次诞生"。一次《蒂迈欧篇》的讲述便是宇宙的一次新生，一个诗的宇宙的再生。讲创世的柏拉图，只能是一个诗人；而诗人每讲一遍创世，世界就被重新创造出来一次，一个个诗的世界，也即一个个文学作品。而诗人之所以可以讲创世，是因为造物主创世是以"诗的模式"来创制的。造物主模仿了诗的理型创造了世界，这一理型就像荷马史诗里的阿喀琉斯之盾。火神赫淮斯托斯打造的阿喀琉斯铜

---

[1] 献给赫尔墨斯的荷马颂诗中有云，"他边用高音调弹奏里拉琴，边高声唱着。他歌唱不死的神和黑色沃土的故事，歌唱他们最初如何形成及他们各自是如何获得自己应得的那份"。

盾,盾面铸造的神圣事物、世俗生活景象和宏伟的史诗意象间有镜像游戏往还呼应。诗的意象反映了盾牌的诞生,盾牌上的形象反映了宇宙的过去与现在。诗人通过赞美这面神造的盾牌赞颂神的技艺,神创造了宇宙中的种种景象和所有生命;而诗人用语词和音乐把神用金属和火锻造的艺术品重新创造出来。一切就像12世纪时里尔的阿兰(Alain de Lille)所言:"世界如今再次被创造出来,一如往昔,亦如将来。"

语言的产生和世界的产生是同构的,创世故事的生成和世界的生成共享同一条因果链条。当书写文化逐渐取代话语文化,世界大书的隐喻也渐渐比宇宙之诗更为多见。组织世界的元素也被看作类似于字母表中的字母。各种元素组合生成已知世界和宇宙中的绝大部分物质,字母也通过自身的组织形成为词、句、段、篇,铸词为物,生成诗和书的世界。

所以想象的实在性和创造以"诗"为模式的思想传统在西方世界有其深广的基础,成为其文学理想的基石。西方文学一直以来建立起的对诗之认识的经典传统,便是诗的本质是"创造",其中最重要的便是对新"神话"的创造。"创造"本质观使其对"原创性"

的标举具有"崇高"的美学特征，在具有陌生性惊奇效果的、如实存般具体呈现的艺术中体现出的"难度"，不懈地改造着人之审美心理。最终，是"创造性"的诗和文学造就了人。

如果哈姆雷特没有倒下……

"我们永远不要忘记，心理学、修辞学和宇宙哲学是同一实体的三个不同名称。"当我们在上文中努力溯源、返观神话、理解"创世"宇宙哲学，貌似没有直接谈论具体的"诗"，而实际上是在探讨西方文学中某种位居核心的诗观念，无论在一代代历史时间表面上是什么概念在占上风。如果没有对此形成有效认识，理解西方诗歌和文学历史于我们而言，将太半只是浏览教科书上的作者、作品陈列展，而未能得其"道"一窥门径。于我自己，一个诗人而言，研究它、领悟它，则是灵知化我所感兴趣的一切内容，使其成为滋养我诗性心灵的有效内在资源，同时也是理解我本人作为诗人的可能来源。

理解了西方诗歌传统尤其俄耳甫斯主义诗歌精神传统的硬核，我们可以开始谈论霍朗的长诗《与哈姆雷特之夜》了。

《与哈姆雷特之夜》是捷克现代诗歌中最重要的和外译最多的一首长诗作品，其写作是"诗人中的诗人"弗拉基米尔·霍朗（Vladimir Holan，1905—1980）生命里最重要的创作事件。一部一千行出头的长诗，从诗后的时间标记"1949—1956，1962"来看，一目了然，它在诗人生命中有较为漫长的迁延轨迹。而其创作方式，则几乎可以给爱伦·坡的诗歌观作注脚。爱伦·坡主张诗的篇幅愈短愈妙，长诗之名本身就是自相矛盾的。然而"没有矛盾，你就没有选择"（霍朗），《与哈姆雷特之夜》实际上不是一首长诗，而是霍朗选择以短诗作长诗的范例。它是霍朗在漫长年月里，每逢灵感来临，随写随记，有的就记录在小纸片、电影票、邀请函、印刷品纸张等随便什么近在手边的书写材料上的断章残句，而后在有为编辑好友的敦促、帮助之下终于整理、删定、修改、誊清成篇的东西。因而，如果我们相信爱伦·坡的主张，霍朗实际上为我们提供了一种在当代写作不"水"的、有效"长诗"

之具体的操作办法,唯有此法,倚仗涉时间之河的诗人于其中所历一个个情绪、情感、认知至高点时的不懈创获,才可能诞生一种最终使每一行诗都保持了最高"诗"强度(也即抒情短诗力量)的长诗。任何有认知难度的事物,都不随泥沙俱下滔滔而来的瞬时洪流而生,无论是言语的洪流还是理想的间歇性歇斯底里,俄耳甫斯诗歌传统一向以其趋"空论"的认知苦行傍身。

米兰·昆德拉(Milan Kundera)在谈到捷克现代诗歌对他的想象力的培育时,他最重视的便是霍朗,认为霍朗是捷克的里尔克或瓦莱里。他那些更为贴近生活、充满平民抒情主角的诗歌,构成了形而上的神秘的整个世界。在昆德拉所援引的塞弗尔特(Jaroslav Seifert)《致弗拉基米尔·霍朗》一诗中,我们读到的霍朗形象与在伏尔塔瓦河畔康巴岛上一栋巴洛克别墅屋里一住20年,离群索居、远离公众、拒绝一切文学活动的霍朗颇为遥远,但肯定更为内在。"在该死的波希米亚鸟笼里,/他挥舞着诗,满腔蔑视/像扔出血腥肉块……/连鸟儿们都胆颤。//死神欲得到他的谦卑,/谦卑,他从来不懂,/直到最后一刻/他

仍然在决斗,愤世嫉俗。"(徐伟珠译)

原来,霍朗在捷克同侪眼中,是一位怒目金刚式的隐逸诗人,一位雄心满怀的诗人。

《与哈姆雷特之夜》开篇言及的"从自然到存在"的路途,便是"诗"的路径,在这条路上,甚具雄心的诗人霍朗自认有资格受邀于莎士比亚,以同等于他的诗艺之"灵敏的成熟度"对哈姆雷特进行破格再创造。这是何等的文学信心。尽管这一信心在诗中始终是隐含的,诗于表面呈示的,则是极其曲折的时代反讽,那本当具繁茂的惊奇效果的诗的创造力,却在现实中每每疯狂于上演衰落时代的恶的勃兴。

尽管诗人 T. S. 艾略特认为《哈姆雷特》是一次美学的失败,诗人 W. H. 奥登把哈姆雷特看作一个纯粹的演员,只能依据他人来确定自身之存在的逢场作戏者,诗人弗拉基米尔·霍朗则显然是一个优秀的哈姆雷特理解者,认同哈姆雷特在西方经典文学中的核心地位,并让这样一个虚构的人物成为脱离了戏剧而存在、而活动的"自由的自我艺术家"。而且天才地洞悉到自我艺术家的消化能力,"当自我主义吃得过多 / 它不会呕吐,而是消化掉重新再来"。

哈罗德·布鲁姆（Harold Bloom）在多种著作中言之凿凿地信仰哈姆雷特的经典核心地位，关键判断依据之一来自哲学家黑格尔的理解：莎士比亚的主要人物们是"自由的自我艺术家"，而每时每刻都在心灵中上演"戏中戏"的哈姆雷特，比任何其他人物都更是这样的一个艺术家，"莎士比亚成为西方经典的中心至少部分是因为哈姆雷特是经典的中心。那种自由反思的内审意识仍是所有西方形象中最精萃的，没有它就没有西方经典，再冒昧点说，没有它就没有我们"。这种人物通过言说产生言说，并在言说活动中通过玩味自身的言语来造成内在变化改变人物性格的文学表现手法，是莎士比亚继承、发扬自乔叟的原创力之所在，在布鲁姆的判断视域里，这种文学手法形成了此后人类的动机心理学。他认为，我们现在的心理图景或一般理论大都来自弗洛伊德，而弗氏的理论创建是从莎翁那里继承了这种心理表现手法，只是更其精妙出色。

应莎士比亚的邀约特许进行的破格再造的哈姆雷特，必定起始于原著里那个在第五幕中不断死去，并最终定格其死于决斗的哈姆雷特……也许那次决斗，他只是"丢了条胳膊",现在,这个"没有倒下的哈姆雷特"[1],没有成为 A. C. 布拉德雷(A. C. Bradley)眼中那个唯一一个可以被看作创作了莎剧的莎士比亚式人物,也就是没有成为莎士比亚,而成了一个霍朗。我想,我的理解主题是,这个霍朗是"一个更其内在化的、因而不朽通过他而继续存在的哈姆雷特",对应于霍朗的诗行"如此深锁在他自己中以致所有的不朽/都能适合待在他体内……"。而诗中的"我",哈姆雷特的倾听者、对话者,则相当于莎翁笔下的霍拉旭。

布鲁姆不断确认莎士比亚的"原创性的核心要素,即它的认识性力量。没有莎士比亚,我们将不知道还会有这样一种文学表现手法,它可以迫使现实去揭示自身的诸方面,离开这种自我揭示,我们将无法发现这些方面"。哈姆雷特,一个极富洞察力的"高贵"灵魂,正是基于这种认识能力,这种通过语言创造性倾诉、通过自我倾听语言而呈现自我变化的能力,不断发展,

---

[1] 哈罗德·戈达德(Harold Goddard)在论述莎士比亚时说:"他是一个没有倒下的哈姆雷特。"

超越了对于父亲也即对于权威的爱之后,在莎剧的第五幕中,完全回归了自我。这样一个以言语行动的人物其所有的变化、超越状态,使得继续下潜"内在化"认识,走精神超越的俄耳甫斯之路(而非那个前期教化自然、变形万物的俄耳甫斯)要选择一位承当者时,如果霍朗决定不亲自上阵,哈姆雷特便是他最合适的人选,而一众古希腊英雄们赫拉克勒斯、阿喀琉斯、奥德修斯、埃涅阿斯……,希伯来先知们,但丁的朝圣者,弥尔顿的恶魔、布莱克的弥尔顿……无一合适。也像是不满于一个如此富有洞察力的卓异灵魂只在莎翁那里留下最后的台词"此外仅余沉默而已",而未能展开更丰富的精神苦行……哈姆雷特,现在成了霍朗笔下的——

> 那个开启者,(他)感到无语仅仅是因为
> 精神总在前进
> 而在它身后的万物关闭……

瞧这个俄耳甫斯主义诗人！

正如"在里尔克和瓦莱里的作品中，他（即俄耳甫斯）的存在有着鲜活神话的能量"，捷克的里尔克和瓦莱里——霍朗，在其《与哈姆雷特之夜》中，也不仅一如往昔，亦如将来，呼召俄耳甫斯和欧律狄刻再临世间；更以其修辞学亮出自己是俄耳甫斯主义诗人家族之重要一员的底牌。

捷克诗人约瑟夫·霍拉（Josef Hora）称霍朗是"词语的炼金术士"，虽然自兰波自况以来，该措辞已是现代诗歌修辞学中最基本、最核心的表达之一，但我们还是可以从认识论层面上进一步深化对它的认识。一个诗人，无论他的起点是意志心理学（欲望诗学）还是深层心理学，一旦迷醉于成为"词语的炼金术士"，其在写作过程中虽为情感力量主导但循语词貌似（实非）自我碰撞而产生意义的认知的过程便成为"获知"（knowing），而非再现已知知识（knowledge），这种追求语词自身具有物质性在场外观的认知行为的结果，便是获得诗人的"灵知"（gnosis），这种修辞学超越了比喻的认识论，来自古老的心理学传统,来自"诗人、占卜师、正义之王"的认知—行动—真理—话语系统,是俄耳甫斯主义诗人们生来标配的乃至终极的武器。

霍朗宣告自己"为深渊辩护"的权能(power),这一"深渊",便是他的在真理和意义之间的虚空(kenoma)[1],深渊可以无限大,也可以屈身于一颗"中空之齿",是他夜夜徘徊的思想剧场。不幸的诗人不仅身在一个"贫瘠的时代",甚至身在衰败的恶德时代,无孔不入的人目恶行使人"没有喘息之地……哪儿也没有,即使在无意识中也没有……"。这样的时代里,诗人何为?再没有一个现代诗人会是弥尔顿那样的一元论者,相信自己就是真理的体现,他的生活因此充满意义。现在,每一个认真的诗人都会追问真理是谁的真理?握在哪一种解释的权柄手中?也就是追问早已脱离了"欺骗、说服、主张"的暧昧领域的巴门尼德之后的哲学意义上的真理,但是是在历史有限范畴内的发问,而无论在贫瘠时代或恶德时代里的被问者口称是或否,似已再没有什么能经得住拷问。

---

[1] 古代诺斯替教徒的概念,哈罗德·布鲁姆视其为想象性文学所发生的场域。

我们也或许循着肯定的进路，相信那经过时间的拣选相对真理已然汇作的真理洪流，面对此，以其原创力谱下一行行力透纸背的诗行，赋予真理以意义的诗人，哪怕是通过毁灭真理[1]而获致诗的意义，也要谱出自己的新歌。他唯剩此意志，但艺术从来没有欲望诗学不奏效之地，因为"只有艺术没有借口……/还有生命亦坚持/极为坚持我们要活下去/虽然我们可能真的想死……"。

夜，俄耳甫斯神谱里最古老的夜之神纽克斯，也是霍朗的俄耳甫斯主义的神祇之基，精灵（daemon）式的玄秘自我、二元论的哈姆雷特，一如古老的俄耳甫斯信徒相信自身——起源中既有作为扎格柔斯的狄俄尼索斯的神性，又有杀死他的泰坦的罪孽——在这夜神的怀抱里，祛除了那些表面作法般的神秘仪式或种种，幻化为精神体之口，成为一张雄辩的"存在"之嘴：

---

[1] 英国玄学派诗人安德鲁·马维尔（Andrew Marvell，1621—1678）论弥尔顿《失乐园》的诗行："他要毁灭（我看他态度坚决）/神圣的真理，使之变成传说与老歌。""真理的毁灭"是在诗人对真理进行独特理解的层面上而言的。

>这样他决定接纳精灵
>
>并驱除那些表面隐秘的神秘事物,
>
>沉溺在他自己和他自己之间
>
>为深渊辩护。

霍朗并非一个变形万物的作为歌者的前期俄耳甫斯,尽管他已"与音乐的神圣精神聚首",贯通了音乐性的至高俄耳甫斯;霍朗深知精神的悖论存在,一味前行的精神,不会回头去看万物在他身后的关闭。以精神求索之力,摒弃活力论者有形的满目自然,抵其存在的内核,在那里或许有光,或许只有夜中之夜的空无,只有欧律狄刻的消失。每一个冒险前行的诗人,凭借其在场语言即思想之行动的武器,或是成为极致而完美的胜利者,或是遭遇彻底的失败,没有一条中间道路的便利为他预留。

>夜叠着夜……它向大地躬身
>
>或变成了生者与死者正做着的
>
>每一件事情的坟墓……

现在，夜的人类精灵哈姆雷特，继续运作其四百年前即发展充分的"自由反思的内审意识"，无时无刻不在其提绳之下以话语做出思考的行动，并更其精微地进行着鼎力破格的语言创造，使进入其所思的万事万物成为诗性思想的存在之实。虽然我们都认可莎士比亚是一代语言大师，但当代诗歌语言，放弃了外在韵律、解放了内在创生之力的大师级诗人们的语言，比之莎士比亚，一定有因和无意识语言工作机制同步而自灵魂更深处结出的完美"诗语"果实。比如莎士比亚的哈姆雷特，提到亚历山大，王子只是借其思考"要是我们用想象推测下去，谁知道亚历山大的高贵的尸体，不就是塞在酒桶口上的泥土？"而到了霍朗以语言为思想的致胜武器之诗中，"并不是说这对他很重要，/亚历山大大帝那曲弯的脖颈是否/能扳直历史上的随便什么事件——"无论反思的基调是反讽、戏谑还是肃穆、钟鸣，唯有这般以语言实体化为存在，只在这两行特定诗行中存身而无有可能翻译成散文的诗性思想，方不会被其流动性耗散一空，不会只是人间意见的可随意替换的嗡蝇之声，它因出自一己自我与语言同构的"深"中而得以自由出入普遍的大千自我……于是，存在之思的形象化果实成为远离人间是非的奇迹，成就为根基之不朽。

  你们的舞台有很多的是是非非，
  但是存在的舞台：让人忌妒的奇迹！

"创世"并非夜的精灵哈姆雷特所关心的内容，饱含着诗人欲望的人世所历指向的存在之实才是他的心念所系。然而，霍朗的修辞学也会不经意地露出它宇宙哲人的神话创造力，那最伟大的原创力从来不曾离开它选定的诗人！对于霍朗倾注了极大爱心的孩子们，他让他们在生病时，

  ……在梦中看见一根火柱
  并且喊道：它是主枝，上帝的血管！

这一火柱＝主枝＝血管的感受力奇迹，就是古人创造神话的思维能力再现。而对偶然来到霍朗笔下的自然，那个变形万物的俄耳甫斯也自然地会不期然地现身，"自然融合了我们对城市的蔑视／用在其力量的金色

巅峰上 / 铲除了苔藓之岩石尿液 / 并等待葡萄藤的毛毛虫羽化成蝶（的力量）"，如果说将仿如是岩石之分泌物的苔藓暗喻为岩石尿液，将等待葡萄成酒隐喻作毛毛虫羽化成蝶是虽然隐曲、出奇但似乎并不具必然性的隐喻，那么俄耳甫斯的变形力之迷人在于其概念性的统摄力量，那歌吟者随时准备从竖琴里奏出的是对自然力量的金色巅峰之赞美，哪怕在如今，这自然力的伟大也仍能无所不包地包容起哪怕负面的情绪：我们对城市的蔑视，并在这情绪对抗的张力中使似乎不具有必然性的隐喻，变得仿佛就该如此地有机、充满活力，雄辩而有说服力。

瓦尔特·佩特（Walter Pater）和尼采敦促未来诗人应该去做精神的苦行者，标准的精神苦行者诗人霍朗，不能信任浪漫主义的主体性理想之任何降格的世俗理解，他只相信并持经由"诗"的创获而成长、而结为其后果的"诗人"观。

"诗越伟大，诗人便越伟大，
而不是相反！"他补充道，

……

是的，艺术是让头脑停止膨胀的东西……

我告诉你，艺术是哀悼

尽管赞美会让神也长高、长大，以致由莲花种子重生成为充斥天地的因陀罗，但存在之诗不是"膨胀"，杜绝溢美，它凝缩、哀悼，而哀悼之中自有判断、怜悯和赞誉，它只趋向于核心，祈望完成对核心的理解和显现。这个作为认识论事件的理解，是存在之诗的正义，要优先于作为审美和精神价值的灾难创造。霍朗深知（经由获知而至的）存在与知识的区别，当他的哈姆雷特目睹观察所见，亦会反思自道："一个吊死的男人的头发／更为触目惊心，因为脊背柔滑／其所达到不是离存在更近／而是更靠近知识的皮毛。"显然，霍朗的所有认知努力都是为了趋近于存在之核，他的真理之声只存在于那里。

然而，这个哀悼的诗人，仍是深怀着爱的诗人，或者说，因无恩蒙信、没有获得宗教信仰的诗人，为了不坠入彻底的虚空，只能倚靠着爱而生，因而有这爱之切。霍朗也没有循后期里尔克"寂默诗学"的路径，祛除了占有和欠缺，全然融入存在内在的寂默和虚无之源，变形哀悼之力为"在真理中歌唱"的如风赞美。霍朗"和着四面八方的血的激情"，坚持着一个表现灾难创造的恶魔诗人的底色，只因衰败时代里的现实比之魔幻现实主义文学更为魔幻，致你"宁愿挖出你的眼睛／也不愿看今日之恐怖"。

> 诗人所写的，天使或恶魔为之……
> 于是梦用它们自己向不停歇的意识施以报复！

而在这样的生活当中，绝望时，你会发现，可能连认知的希望都没有。"没有知识……我们只是活在一个个幻觉中。／然而我们因焦虑而颤抖／……／我们也已是死亡"。古老的俄耳甫斯信徒们也同样相信此"生即是死"，但他们还信仰"死即是生"。然而，回归永恒之"记忆"，灵魂汇入记忆之泉的拯救之道并不为当世的剥除一切幻想、面对真正乌有的诗人所享有，他所切身感受的、执意揭示的，如果不是血淋淋的真相"树皮就着树汁被剥去"，来到的是"玛耳绪阿斯之皮"，也至少是勾画人性之限度：

……你仍然是一个生灵，

被男人和女人那带翼的憎恨固定

在转瞬即逝的形式里……

今人普遍熟悉的"肉体即牢笼"的观念乃是起源于俄耳甫斯信徒们的认识和比喻，作为新俄耳甫斯主义者的诗人，将这比喻背后的诺斯替教恨世论观念之翼惊人地招展出来，旋紧在转瞬即逝的肉体背上，男人，女人，一人一副，谁都不缺。一个人，哪怕灵魂的储量再丰富，你也无非一个局限重重的生灵，这关于人这一曾是万物的灵长之生灵的当世之"知"，诗人霍朗的独特创获，其"诺斯"（gnosis），现在也是我们的知识了。

但也还是这同一个诗人，再怎么身处时代恐怖、精神恐惧之中，也"仍听得见那些死去很久的，/ 却自由的歌者"，尤其是听得见俄耳甫斯。

自由的歌者有爱欲，但发展成信仰般的爱，在人类历史上是何时出现的观念？至少在帕里斯和海伦的故事之前，至上的男女爱情在西方世界似乎是没有的。也就是说，我们熟悉的爱情模式的观念，不存在于公元前9世纪以前。这可能也就是其前形成的希腊奥林波斯神话中主神宙斯及其英雄儿子们"种马"式的爱情观，每每只能在今人心中道德围栏之外天马行空，即便不鄙弃其为天方夜谭的话。很久以来，有时是白首老翁形象的俄耳甫斯神谱中最古老的爱神厄洛斯都并不是后来的丘比特，以至于在古希腊世界，甚至男男之爱才是"爱"；男女之情，多关乎"欲"和种族延续。深情的俄耳甫斯，爱之至切的情人形象，有文字记载的故事大概只能追溯到公元前5世纪柏拉图《会饮篇》中的斐德若之口，出现在阿提卡浅浮雕上的这一场景——俄耳甫斯掀起欧律狄刻脸上的面纱，看她最后一眼……也在近乎同期。[1] 就像在晚近有关大英雄赫拉克勒斯的"巨石强森"版电影中，当代精

---

[1] 甚至有人说可能到了古罗马维吉尔的时代（公元前1世纪），欧律狄刻的名字才第一次出现。在维吉尔之前，只有一个亚历山大时期的希腊诗人Hermésianax提到过俄耳甫斯妻子的名字，但称她为Agriope，字面意思是"长着野蛮双眼的"。古代文本都说，俄耳甫斯的妻子是色雷斯的水泽女仙，性情荒蛮，所以有人认为Agriope这个名字也许比欧律狄刻更像俄耳甫斯的妻子。如执此说，当考究《会饮篇》最早版本中是否出现了欧律狄刻的名字。

神已经将这位古希腊大力神还原为了雇佣兵首领,霍朗会为自己的俄耳甫斯灌注什么样的新形象、新精神呢?或者,他究竟因为什么,不可遏止地要续写、重写自己的俄耳甫斯神话?

从头阅读了该文的读者们,此时在《与哈姆雷特之夜》中读到领着欧律狄刻重返人间的俄耳甫斯和她关于"记忆之泉"的对话,不再会感到陌生了。当俄耳甫斯问欧律狄刻在阴间时,是否找到了记忆之泉?欧律狄刻回答说:

> 我没有去找……至深的存在
> 就在被爱征服的无意识里……
> 只需爱对你的眷顾!
> 它的同情、欣悦和真挚,
> 足以使你与我同在,救助我,辉光四射出
> 所有我们不能了解的自己……

尽管欧律狄刻在此之前问了俄耳甫斯一句"阿派朗"一词是什么意思,表明她也依稀觉知自己已由生入死,从有限的生汇入了重归无限、回到无定、无形的状态,

但这仿佛只是一个偶然入耳的传闻,并非切己相关。没有去找记忆之泉的欧律狄刻,也就没有汇入此种无限、无定当中,这大概也算是交待她能够被带回重生的原因。她能被带回,因为她有的是另一种信仰:她相信自己活在爱的辉光中,也相信唯于爱中她才存在。也即,在霍朗这里,对爱的信仰取代了"记忆"信仰。当上引这段哈姆雷特语吻的、但又不适合反讽王子来传达的真挚表达,由欧律狄刻代言出来,我们感到活在后基督教时代的诗人不能说没有受到上帝之爱的影响,如果诚如圣约翰所言:"上帝就是爱,住在爱里面的,就是住在上帝里面,上帝也住在他里面。"我们可以推断,霍朗不能说没有信仰,虽然他所有是一个泛神论者的爱,但也足够深入到无意识深处,可以抵挡住汇入无限、消失于神性的记忆之泉的诱惑,告别没有受召于上帝的遗憾,而成为个体的信仰之修正。这个在恶劣时代,不假任何外物以求、敢于面对近乎彻底的虚无,全凭个体之爱的信仰而实现的救赎,唯有那被选定的诗人以自己的俄耳甫斯之道迤逦达至。

欧律狄刻得以在霍朗笔下重返人间,也源于诗人相信她可以实现于爱的重生,只要还有一个俄耳甫斯记得她，爱她，她就可以一遍遍重生。霍朗在这里重写自己的俄耳甫斯和欧律狄刻故事，正是为了正面表达自己对爱的信念，传递他的爱的理想，假手神话或寓言，只因它们永恒地是诗人传递信念的神弓或竖琴。

　　霍朗也知这样改写的俄耳甫斯爱情故事能否像原本或至少像维吉尔的作品一样有说服力是件可疑的事，一句申明"俄耳甫斯，回来了，没有回头"就能取消这个已深入到人类无意识中去的动作了吗？况且还要让欧律狄刻担负起生育了朱丽叶的少女极致美之源的任务，若不想显得过于异想天开，最好是安排进梦境之中，到了那里，各项要素、各个人物如何经验重组、再造、改变关系就都不是问题了。朱丽叶在霍朗笔下也不再是维罗纳的富家女，而是欧律狄刻死前一年多生下的孩子，直到看到"朱丽叶……一个小女孩……某种/介于幻象和幽灵间的东西……像你（欧律狄刻）……"，终于令我们恍然，原来欧律狄刻和朱丽叶都是产生自诗人的想象和意愿的新形象，欧律狄刻就是俄耳甫斯的一部分，寄寓了诗人最美好心灵投射的那部分，她说出的想必就是霍朗的心声：

……我怜悯

　　一切，我感到同情……但是

　　仁慈中不能被宽恕的

　　我们愿意用一种对两人来说都陌生的语言演绎……

　　我们已在渎神的边缘……

近乎渎神的诗人，再造的欧律狄刻的延续或前身朱丽叶——以少女极致美体现的美本身，则在哈姆雷特对她的"一瞥"中，完成了诗人霍朗修正的信仰"爱的三位一体"中的圣灵般存在。霍朗让哈姆雷特"只有一次也仅有一次"的、同时"必有一死"的爱（他也相信对任何人都是这样）发生在对美的奇迹——朱丽叶的一瞥之下：

　　……没有一时兴起，

　　没有动机，或后果，或命运，

　　这里就是在其不可分割的圆满中的存在……

　　唉，一瞥即逝：美是丧失，

　　除非它重复自己过久

以至爱亦变为失去。

放弃更受到文化驯化的奥菲利娅形象,为哈姆雷特重配朱丽叶,仿佛在诗人霍朗心目中留下最深烙印的文学一瞥,始终是但丁一生中唯一一次对其缪斯少女贝阿特丽采的初睹神遇……一样的一眼万年。这"一瞥",有着审美直观击中诗人那最狂喜时刻的强度。"惊奇奔跑得/多么狂野,却被一个奇迹制服!/整个世界看起来多么像一个/喷射的啤酒窖,当我饮下红酒时!"我们在里尔克《致俄耳甫斯的十四行诗》第二首中,也领略过至高的俄耳甫斯音乐中诞生的那位少女——"把自己的眠床铺在我耳中"从而眠在诗人体内的缥缈少女。诗人霍朗虽然坚决拒绝提供廉价的"爱的三位一体"新神话,以至于在诗中不时地将现实男女关系中的战争状态加以毫不留情地呈示,使现实的丰满无奈、罪孽与理想的骨感光辉交替并立……但现在,爱的信仰(包括相信爱是美过久的自我重复)、少女之美(上帝构想出仿似灵魂身体的处女灵魂是为了感同身受)既已完成,我们凭直觉知道一定还会有一位"母亲"出现,她将是爱的奉献的崇高境界。当这位母亲在霍朗笔下如此贴地、如此细腻、包容付出、无限慰藉地出现,我们几乎无不为之动容。

> **母亲!**……她的耐心,一次又一次地,
> 将永恒延缓
> 如果永恒已不存在的话……
> ……
> ……这双手忠于所有那些人间事物
> 它们像一只枕头需要被抚平
> 枕在儿子脑袋下,虽然他是一个凶手……

请将最高的礼赞留给这位母亲!通篇以一针见血、入木三分的存在之思面对世界的霍朗,其诗意想象也只在母亲这里唯一一次以极为偶然的姿态貌似不经意地上达了天庭星空,"当我们身体不适/一整夜也不够长来向她致以敬意,/即使星辰单手托起/她搭乘的车,只为先于她的焦虑/匆匆奔向她的孩子"。女性,尤其奉献、能产的母性,体现了大地意义的本性,内蕴着整全的真实生命,对立于攫取、掠夺性的生存状态(无论男女)所体现的人性的残缺。如果作

为一个诗人，意味着不管你采取什么姿态，无可回避地，你都必定是一个赞美者、肯定者、保存者，那么，可以说，霍朗全部的肯定精神都灌注在了他灵魂中的女性投射方面，整部长诗的后半部分就是诗人在以"爱人（欧律狄刻）/少女（朱丽叶）/母亲形象"建构自身修正的信仰"爱的三位一体"。这一赞美的话语场，诗人在与恶相角斗的大海上"善"之压舱物的立基存在，是诗人分隔记忆又贯通记忆，置之于神圣真理的记忆之泉中永无停歇的涌流之源。唯有爱是不灭的真理，爱是唯一救赎。

罗素曾总结道，就像俄耳甫斯是狄俄尼索斯崇拜的改革者，毕达哥拉斯是俄耳甫斯教的改革者。这位男女平等主义者为西方精神尊重女性权利开了先河，"只要是俄耳甫斯教有影响的地方，就一定有着巴库斯的成分。其中之一便是女权主义的成分……毕达哥拉斯说'女性天然地更近于虔诚'。"毕达哥拉斯还说过，她们有三个神圣的名字：起初被叫作女儿，接着被叫作新娘，然后被叫作母亲。俄耳甫斯主义诗人霍朗的三位一体"朱丽叶—欧律狄刻—母亲"，几乎就是古代俄耳甫斯教新教主的神圣话语的回音。

当长诗近乎结尾,霍朗写下:

> 在我面前只有阿尔喀比亚德,醉醺醺的阿尔喀比亚德
>
> 在番红花的色彩中,在焦虑的色彩中……

我们不禁联想到柏拉图《会饮》这篇著名的"爱欲"(Eros)主题的对话最后,在所有的发言者,尤其作为厄洛斯(爱欲)完美化身的苏格拉底发完言之后,是烂醉如泥的闯入者阿尔喀比亚德作了对爱欲和爱欲化身的苏格拉底的赞颂。对苏格拉底那西勒诺斯般丑陋外表之下智慧的高贵灵魂之爱使得美男子阿尔喀比亚德沉醉着迷、欲罢不能。作为通晓真理的导师,以节制为爱欲的控制方式即其最高形式,使得众多美男子对之着迷的苏格拉底,成为柏拉图心目中的爱欲化身,这个哲学的爱人,无上的爱智者。而"生来就具有一切哲学所需要的天赋才能"的阿尔喀比亚德,本该在他所爱慕的导师之节制、勇敢、极具震撼的忍耐力之人格魅力影响下成为善人、爱智者,但却堕落成为肉欲、色情和豪华生活的牺牲品。他的堕落在于选

择了离开导师，屈从于不加节制，"他渴望整全，不过他的整全是此世界真实的整全"。

阿尔喀比亚德是霍朗长诗最后提到的一个人物，在女性的"爱之三位一体"塑造完成之后，诗人提到了一系列的悲剧人物，最后是如同《会饮》中一样醉醺醺闯入的阿尔喀比亚德，诗人在用他作为男性所体现的世界生活形态的提示，暗指人之欲总是渴望"此世界真实的整全"，因而不惜生活在焦虑的色彩中，还是以之暗示其背后也可以有追随以爱智为欲的生活方式之路可行？诗人没有作答，只在最后，让前去埃尔西诺的哈姆雷特一众授予了莎士比亚"上帝自己的图书馆长之荣名"。看来，霍朗也相信"天堂应该是图书馆的模样"，那么，那里将是一个爱智者宜居之所。

在永恒已不存在、渎神必不可免、虚无即是命运的时代，心灵如何从无意义的困境中解脱，灵魂如何不沦陷于丧失自由的危机，幸福是否还有可能……无一不是人心的真问题，活下去的大命题。霍朗，一个彻底的怀疑主义者，或者说，一个饱含激情言说充满怀疑精神的真理的诗人，用意义与存在同一的诗歌语言，砥砺于直面所有这些问题，以最具生命力的爱为源泉，以对意义的追寻做出对人的自由本质的承当，在一次次救拔自我于痛苦、怀疑、恐惧、焦虑、迷惘、困惑的跨越局限、趋近永恒的反思行动中，凭语言意志和心灵愿景创造出天堂和地狱相和解的"和谐一刻"，成就为耀亮天地间的语言闪电之思中的人。如果要用一个词概括俄耳甫斯主义诗人们，这些世界和人生永恒秘密的揭示者、教导者，大概最合适的就是"诗人中的诗人"了。

现在，就让这位"诗人中的诗人"创造的爆炸的爱落到我们头上吧……

> 在圣人们和诗人们如此多的切断现实的尝试之后——
> 它只相信
> 天堂和地狱间短暂接通的
> 那和谐一刻。
> 但是当然……我们也可以等待
> 直到什么东西爆炸，爱落到我们头上……

参考书目：

吴雅凌编译《俄耳甫斯教辑语》，华夏出版社，2006

吴雅凌编译《俄耳甫斯教祷歌》，华夏出版社，2006

[古希腊]柏拉图著、王太庆译《会饮篇》，商务印书馆，2013

[英]罗素著、何兆武等译《西方哲学史》，商务印书馆，1963

[英]吉尔伯特·默雷著、孙席珍等译《古希腊文学史》，上海译文出版社，1988

[英]简·艾伦·赫丽生著、谢世坚译《希腊宗教研究导论》，广西师范大学出版社，2006

[英]简·艾伦·赫丽生著、谢世坚译《古希腊宗教的社会起源》，广西师范大学出版社，2004

[法]德蒂安著、王芳译《希腊古风时期的真理大师》，华夏出版社，2015

[法]皮埃尔·阿多著、张卜天译《伊西斯的面纱》，华东师范大学出版社，2019

[法]让-皮埃尔·韦尔南著、余中先译《神话与政治之间》，生活·读书·新知三联书店，2001

[法]莫里斯·布朗肖著、顾家琛译《文学空间》，商务印书馆，2003

[美]乔治·斯坦纳著、李小均译《语言与沉默》，上海人民出版社，2013

[美]哈罗德·布鲁姆著、刘佳林译《神圣真理的毁灭》，上海人民出版社，2013

[美]哈罗德·布鲁姆著、翁海贞译《史诗》，译林出版社，2016

[奥]里尔克著、林克译《致俄耳甫斯的十四行诗》，重庆大学出版社，2015

刘红莉著《从纳喀索斯到俄耳甫斯——里尔克诗歌的诗学与哲学研究》，湖北人民出版社，2015

图书在版编目（CIP）数据

与哈姆雷特之夜：霍朗的诗/（捷克）弗拉基米尔·霍朗著；赵四译．— 北京：北京联合出版公司，2022.7
ISBN 978-7-5596-6210-1

Ⅰ.①与… Ⅱ.①弗…②赵… Ⅲ.①诗集—捷克—现代 Ⅳ.①I524.25

中国版本图书馆CIP数据核字（2022）第082334号

与哈姆雷特之夜：霍朗的诗

作　者：［捷克］弗拉基米尔·霍朗
译　者：赵　四
校　者：徐伟珠
出品人：赵红仕
责任编辑：牛炜征
策划人：方雨辰
特约编辑：王文洁　袁永苹
装帧设计：PAY2PLAY

北京联合出版公司出版
（北京市西城区德外大街83号楼9层　100088）
北京联合天畅文化传播公司发行
山东临沂新华印刷物流集团有限责任公司印刷　新华书店经销
字数80千字　1092毫米×787毫米　1/32　4.5印张
2022年7月第1版　2022年7月第1次印刷
ISBN 978-7-5596-6210-1
定价：48.00元

版权所有，侵权必究
未经许可，不得以任何方式复制或抄袭本书部分或全部内容
本书若有质量问题，请与本公司图书销售中心联系调换。电话：64258472-800

Copyright© The Estate of Vladimír Holan
All rights reserved.

The Estate is represented by Aura-Pont s.r.o., www.aura-pont.cz.

Simplified Chinese edition copyright
2022 Shanghai Elegant People Books Co.Ltd